愛さないと宣言された契約妻ですが、御曹司の溢れる熱情に翻弄されています

m a r m a l a d e b u n k o

葉嶋ナノハ

marmalade bunko
マーマレード文庫

目次

愛さないと宣言された契約妻ですが、御曹司の溢れる熱情に翻弄されています

愛さないと宣言された契約妻ですが、御曹司の溢れる熱情に翻弄されています

一章「幼なじみと結婚!?」

「笑麻《えま》、すまんっ！」

「お父さん、仕方ないってば。いいから頭を上げて。ね？」

リビングの窓から入る冬の西日が、目の前で土下座する父を照らしている。なんともシュールな光景だ……などと思っている場合ではない。

幼い頃に母が亡くなり、男手ひとつで笑麻を育ててくれた父。その父が経営する印刷工場で働いていたひとり娘、石原《いしはら》笑麻。

父娘ふたりで一生懸命生きてきたのだが、不況の煽りを受けた小さな工場は閉鎖を余儀なくされてしまったのである。

「お前も頑張って働いてくれていたのに、本当に申し訳ない……」

「お父さんだって、ギリギリまでやるだけやったんだもの。私も働くところを探すから、これからまた一緒に頑張ろうよ」

笑麻はしゃがみ、父の肩を叩いて励ました。

「そうだな」

「大丈夫よ。雨風凌《しの》げる、この家があればそれで十分。今まで通りに節約して――」

「実は、家も売りに出すんだ」

「へっ？」

顔を上げた父が力なく放った一言に、思わず変な声が出る。

「家を担保にして借金をしていたんだが、もう返せるアテがなくて……。本当にすまない！」

「あ、ははー……、そうなんだ、なるほど～……」

そこまでは想定しておらず、さすがに顔が引きつった。

どんな時も、明るく笑顔でポジティブに。

人間は考え方を変えれば、つらいことも、楽しいものに変えることができる。イヤなことを言われてもスルー。欲しいものがあっても買えないものは潔く諦める。なければないで、どうにかなる――。などという諸々《もろもろ》の技《わざ》を、笑麻は小学生の頃から身につけてきた。

そうやって父とふたり、貧しいながらも前向きに生きてきたのだ。

（だがしかし、家までなくなるのは我が家でも最大のピンチじゃない？　ああ、違う。最大のピンチは、私が二歳の時にお母さんが亡くなったことだった。それに比べたら家くらい、どうってことないか……）

ふう、と深呼吸し、笑麻は自分を落ち着かせる。

「死んだ母さんに顔向けができない」

父はふらりと立ち上がり、ソファに座った。

笑麻も父の隣に座る。父の顔を覗き込もうとすると、胸元まであるロングヘアが揺れた。

「お父さんは、遊んで借金をしたわけじゃないでしょ？　工場のため、工場で働く人たちのためにしたことなんだもの。天国にいるお母さんだって怒ってないよ。もちろん私も怒ってないし」

「笑麻……」

「いつ頃に家を出ないといけないの？」

涙目になって落ち込んでいる父に問いかけた。

「来月末までには」

「じゃあ、すぐに次の部屋を探さなくちゃ」

笑麻はそばに置いていたスマホで物件を探そうと、画面をタップする。

「ちょっと待ってくれ。部屋のことなんだが、もう借りる相談はしてるんだ」

「相談って、誰に？」

制止する父に、笑麻は疑問を抱いた。

「友人に不動産屋がいる。笑麻も小さい頃……小学生くらいだな。彼の息子さんと遊んだことがあるんだが、覚えていないかなぁ」

「お父さんの友人の息子さん？」

誰のことかわからず頭を捻ってみるも、まったく思い浮かばない。

「ああ、それでな。そのう……」

「うん？」

「笑麻。お前、恋人はいるのか？」

真剣な面持ちに変わった父が、突拍子もないことを尋ねてくる。

「恋人って、急にどうしたの」

「将来を誓い合った相手とか、そういう人がいるならいいんだ。無理はしないでほしいんだが……」

「何が無理なのかわからないけど、恋人なんていないよ？」

「おお、そうか……」

父は頭をポリ、とかいたあと、うなだれた。

「お父さんはもうこれ以上、お前に苦労をかけたくないんだ。笑麻がお父さんの工場で働いてくれたのは心から嬉しかった。だが、もうお父さんに振り回されなくていい。笑麻には誰よりも幸せになってほしい」

「何言ってるの、お父さん。私は別に――」

「笑麻に結婚の話が来ている」

「え……、ええっ、け、結婚っ!?」

話がとんでもない場所に着地したことに、笑麻は声を上げて驚く。

「その相手というのが、不動産屋の息子さんなんだよ。いずれはその会社を継いで社長になる、いわゆる御曹司だな」

父の説明が始まった。

笑麻が幼稚園の頃、父の大学時代の友人である花菱浩二《はなびしこうじ》と、偶然再会した。近所に住んでいることがわかり、家族ぐるみの付き合いが始まる。

その花菱家の息子が響介《きょうすけ》だ。笑麻のひとつ年上で、笑麻が小学校三年生までよく遊んでいたという。

父がこの家を買ったことで引っ越したため、花菱家とは疎遠になっていたのだ。

「響介、くん……？」

おぼろげな記憶を辿ってみる。

笑麻は転校した先の学校生活や新しい暮らしに精一杯で、それ以前の記憶があまりない。ただ、一緒にゲームをしたり、勉強を教えてくれた男の子がいたのはなんとなく覚えている。頑張り屋で優しく、時に頼りになる男の子だったような——。

(でも顔は全然思い出せないな……。後で小さい頃のアルバムを見てみよう)

彼についての記憶がほとんどないのは、父と一緒に当時の写真を懐かしむことがなかったからだろう。新しい環境に慣れることに必死で、父も笑麻も先のことばかり見ていたのだ。

父の話は続く。

花菱浩二は社長をしており、多角化経営のひとつとして不動産業も行っていた。父はそんな浩二を頼って、次に住む場所を相談したらしい。

「その時に、もう笑麻に苦労をかけたくないと相談したんだ。そうしたら浩二が、響介くんと結婚したらどうかと勧めてきたんだよ」

「な、なんでそうなるの？　私と結婚したって、花菱さんにはメリットなんてないでしょう？　私に『借金のカタ』として差し出されるような価値はないんだから」

「笑麻っ！　なんてことを言うんだ！」

「うわわっ！」

ガバッと頭を上げた父が笑麻の肩を掴み、ものすごい形相で見てくる。

「お前に価値がないなんてことはない！　笑麻は世界一素晴らしい俺の娘だ！」

鼻息荒く声を上げ、今しがたまでの意気消沈さはどこかへいってしまった。

「わかった、わかったから。お父さん、ちょっと落ち着いてよ」

「あ、いやすまん。そういう話じゃなくてな……」

笑麻の肩に置いた手を放し、父は話を戻す。

響介と結婚すれば笑麻の生活が安定するのではと、浩二に勧められたこと。それは提案であって強制ではないこと。親友である笑麻の父を助けたいという浩二の気持ちであること。

それらを父は真剣に話してくれた。

「響介くんは真面目に仕事をしているが、何年も恋人がいない。このままでは将来が心配だと浩二が言っていてな。笑麻ちゃんと結婚するなら大賛成だと言ってくれたんだ。昔、笑麻が響介くんを助けてくれた、なんて話も聞いたぞ？　だから余計に笑麻を気に掛けてくれたのかもしれん」

「私が響介くんを？　そんなことあったかな？」

ふむふむと話を聞きながら、笑麻はスマホを手にする。

(花菱という名前と不動産業……といえば花菱コーポレーションが思い浮かぶけど、まさかね。名字をそのまま使ってる会社が多いわけじゃないし……)

ささっと「花菱浩二」で検索をかけると、その名前とともに大企業「花菱コーポレーション」が登場した。

「ちょっ、嘘でしょ、本当に?」

企業案内をタップし、社長のページを開いて確認する。

そこには優しげな笑みを湛《たた》えた、壮年と思われる男性が写っていた。

「お父さんのお友達って、この花菱コーポレーションの社長さんで合ってる?」

スマホの画面を見せると、父は「ああ、そうだ」とうなずいた。

「すごい人がお友達だったのね」

笑麻は小さく息を吐き、もう一度トップページに戻って、その大企業についての説明を読み始める。

グループ会社の花菱コーポレーションは、不動産、都市開発、様々な企業のリノベーションを行っており、最近では都心や地方の空き家産業にも力を入れているようだった。

なるほど、と笑麻は思う。こんなにも立派な会社を継ぐ人との結婚を受け入れれば、父は心から安心できるに違いない。

そして浩二が笑麻の成り行きを心配してくれるのも、父の親友ならば当然だろう。

適当に湧いた結婚話ではないのだと理解できた。

「――ということで、皆で一度会ってみないかって話なんだが……。でも無理はしないでほしい」

申し訳なさそうな父の声が、笑麻の胸に響く。

父の苦しみや悲しみ、心配事を、この結婚で少しでも減らせるのなら。

その可能性を逃す手はない。無論、迷っている時間もない。

「あのね、お父さんには黙ってたけど、響介くんは私の初恋の人なの」

笑麻は父に明るい声で咄嗟に嘘を吐いた。

「えっ！　そうなのか!?」

「引っ越してからも、しばらく片思いしてた人だから嬉しい。きっと再会したら、また響介くんを好きになれると思う」

父のことだ。笑麻がほんの少しでもイヤだと思ったらそれを察して、結婚話を断るに決まっている。そんな隙を与えないように、笑麻は、はにかんだ笑顔を見せた。

「お、おいおい……」

ポカンと口を開けたままでいた父は、ハッとして体ごとこちらへ向き直る。

「俺が言っておいてなんだが、もうちょっと考えてもいいんだからな。お父さんが持ってきた話だからって無理しないで――」

「無理じゃないよ。とにかくみんなで一度、会うんでしょう？　すごく楽しみだなぁ」

「笑麻がいいなら、お父さんはいいんだが……。そうか、じゃあとりあえず会ってみよう」

「うん、お願いね」

ニッコリ笑いかけると、父もそこで小さく笑った。


笑麻は自室に戻り、ベッドの上に仰向けになる。

「この部屋、とても気に入ってたんだけど、もうすぐお別れなのね……」

小学校三年の冬に父が買った、一戸建て住宅。その頃の父は希望に溢れていたように思う。

父は亡くなった祖父から受け継いだ工場を新しくするために移転し、家も引っ越した。しかし好調だったのは五年ほど。父は必死に働き続け、笑麻も高校生から父の工場でアルバイトをした。高校卒業後は申し訳なく思いながらも、父の絶対の勧めで大学に行かせてもらう。

「大学卒業後もお父さんの工場で働いていたから、ここのところ上手くいってなかったのは知ってる。でもまさかここまで大変だったなんて。お父さん、私を心配させないように隠してたのね」

ごろんと寝返りを打った笑麻は、目を閉じて昔の父を思い出す。

（私をこれ以上苦労させたくないだなんて。お父さんこそ、私のためにずっと苦労していた。お母さんを思い続けて再婚もしなかった。私が熱を出すと仕事を休んで、遠足の日にはお弁当を作って、運動会にも必ず来てくれて……）

そして振り返る。父が笑麻を叱ったのは、片手で数えるくらいしかなかった。原因は笑麻が父を心配させたことだけだ。

ここまで育ててくれた父には感謝しかない。

結婚をすれば笑麻が家を出て、父はひとりで暮らす。今までは父の助けになると思って一緒にいたが、父を自由にさせてあげることも親孝行なのではないか。

さらに安定を保証された結婚を機に出て行ければ、もう余計な心配をさせることもない。

（とりあえず、お父さんの次の仕事も花菱さんが紹介してくれると言ってた。とてもありがたいけれど、お父さんが今までしてきたこととは、かけ離れてるんだよね。それは仕方がないこと。でも……）

ここまで落ちぶれてしまっては、父が大切にしていた工場を再建できる日は二度と来ないだろう。当然資金もなければ、どこの銀行も貸してくれることはない。

父の知り合いの工場もいくつか縮小し、なくなってしまった。

せめて、父の技術を生かせる場所が見つかれば——。

「いつか来るかもしれないその日のために、花菱家とのつながりを強く持つのは大切だと思う」

笑麻は天井を見つめて呟《つぶや》いた。

花菱コーポレーションは不動産以外にも、たくさんの事業を経営している。そこから、父が望む場所の糸口が見つかるかもしれないのだ。

笑麻が結婚すれば、父親たちは親友から親戚になり、今以上に強固な関係となる。

「お父さんに恩を返すなら今でしょ……！」

笑麻はガバッと起き上がり、昔、テーマパークで父に買ってもらったクマのぬいぐるみを手にして、その顔に語りかけた。

「響介くんのことはほとんど覚えてないし、もちろん初恋も嘘だよ。だけどね？」

笑麻はクマを揺さぶりながら自分に言い聞かせる。

「くよくよしたって始まらない。お父さんは頑張った。私も頑張った。だからこれは仕方がないことなの。そして私が響介くんと結婚すれば、お父さんは自分のことだけに集中できる。ポジティブに考えよう。ええとほら、この結婚は玉の輿《こし》ってことで！そう、ポジティブにっ！」

着飾る、買い物をしまくるなどの過剰な散財や贅沢《ぜいたく》に興味はないが、お金の心配が減るのはいいことだ。

同時に、父が笑麻を心配することもなくなるのだから。

笑麻はクマを棚の上に戻し、クローゼットから小さい頃のアルバムを引っ張り出す。

たぶんこれが響介だろうという男の子はいたが、やはり彼との思い出はぼんやりしたままだった。

それから二週間後の三月中旬。

早速、花菱家と食事会が執り行われることになり、笑麻は父とともに夕暮れの銀座《ぎんざ》を訪れていた。

「なんか、すごいところに来ちゃったね……」

「あ、ああ……」

路地に入り、少し進んだ場所でふたりは佇《たたず》む。

目の前にあるのは高級そうな料亭だ。入り口の石畳はしっとり濡れて、美しい格子の引き戸が訪れる客を静かに待っている。

しかしわかりやすい看板はなく、いかにも一見《いちげん》さんお断りの雰囲気を醸し出しているため、笑麻と父は及び腰になっていた。

「本当にこの場所でいいんだよな？　笑麻、ちょっと確認してくれ」

父がスマホの画像を見せてくる。

「うん、合ってるよ。それよりも私、この格好で大丈夫かな？」

スプリングコートの下は、友人の結婚式に呼ばれた際に着ていたワンピース姿なのだが、場違いではないだろうか。

「笑麻は完璧だ。それよりお父さんだよ。普段着慣れないスーツなんて着てるから変じゃないか？　入り口で追い返されそうだ……」

「それはないよ、大丈夫。いつもよりはカッコいいから」

「いつもよりはって、お前な」

「それよりお父さん、お金持ってるよね？　一応私も持ってきたんだけど……」

不安がこみ上げる笑麻に、父が笑顔で自分の胸をドーンと叩いた。

「大丈夫だ、それくらいはある。心配するな！」

「あらっ、もしかして石原さん？」

後ろから声をかけられて振り向くと、和服姿の女性がいる。

「ああ！　お久しぶりです、花菱さん！　お元気そうで！」

「お久しぶりです～！　お変わりなさそうで良かった。懐かしいわね！」

柔らかな笑みを浮かべた女性は、響介の母親——美保子《みほこ》であった。

先日、父が見つけてくれた花菱家と遊んでいた写真は、どれもアップで写っているものがなかった。そのため、今も咄嗟に彼女が誰か、笑麻にはわからなかったのだ。

しかし美保子を前にして、わずかではあるが笑麻の記憶も蘇《よみがえ》ってくる。

彼女は優しい人で、笑麻にもよくしてくれた。確かクッキーを作るのが得意だったはずだ。お手製のクッキーは甘く香ばしく、とても美味しかったことを思い出す。

「いや、本当に。ご無沙汰してしまって申し訳ない」

「お忙しかったんでしょうから全然気にしないで。色々大変だったみたいで……」

眉を下げた美保子が、視線を笑麻に移す。目が合ったところで笑麻は挨拶をした。

「こんばんは。今日はよろしくお願いします」

「笑麻ちゃんよね？」

「はい。お久しぶりです」

笑麻が答えると、彼女は顔をふにゃっとさせて一歩近づいてきた。

「昔も可愛《かわい》かったけど、今も、すっごく可愛い！　あの小さかった笑麻ちゃんが、すっかり美人の大人になっちゃって！」

「あ、ありがとうございます」

「おばさんね、笑麻ちゃんがどうしてるかしらって、たまに思い出していたの。だからこんなふうに再会できて、本当に嬉しいわ」

「花菱さん……」

目に涙を浮かべる美保子を見て、笑麻の胸もじんとする。

「笑麻ちゃん。今だけ、昔みたいに響ちゃんママって呼んでもらってもいい？」

「響ちゃん、ママ？」

「う……っ、笑麻ちゃんっ！」

「わわっ」

ぎゅっと抱きつかれて、よろめきそうになる。美保子の甘い香りが笑麻を優しく包んだ。

「私、笑麻ちゃんたちがお引っ越ししてから、しばらく寂しくてたまらなかったの。だからこうしてまた会えて、おばさん、本当に感激してる」

「ありがとうございます。そんなふうに言っていただけて私も嬉しいです」

抱きしめてくれる手が温かい。笑麻もそっと抱きしめ返すと、響介の母がグスンと鼻を鳴らした。

「笑麻ちゃんがお嫁さんに来てくれたら、私は本気で嬉しいのだけど……。響介でいいの？」

体を離した彼女が真面目な顔になる。

「えっと、響介くんがイヤじゃなければ、そのつもりです」

「ありがとう。響介は笑麻ちゃんと違って全然可愛くなくなっちゃったんだけど、意地悪されたら私に言いなさいね？　私がぶっ飛ばしてあげるから」

「ぶ、ぶっ飛ばす？」

「そうよ、任せてね！」

驚いて聞き返す笑麻に、美保子が拳をグッと握って力強く言った。

「あはは……、頼りになります」

不穏な物言いに少々引いてしまったが、笑って返す。

(響介くんってば、どんな人になっちゃったの？　意地悪ということは、とんでもない性格になっている可能性が……？)

困惑していると、ふたりの様子を見ていた父が声をかけてくる。

「そういえば、浩二と響介くんは？」

「ふたりは先に着いて、中で待ってるわ。私はちょっとお買い物があって後から来たの」

笑顔に戻った美保子が返事をした。

「そうだったんですか。待たせてしまってすみません」

「あのふたりがせっかちなだけだから気にしないで。私たちがちょうどいい時間なのよ。さ、行きましょう」

促す美保子に続いて父と店内に入ると、品の良い香りが客を出迎えてくれる。

「いらっしゃいませ。こちらへどうぞ」

とたんに着物を着た女性が現われた。彼女に言われるままに靴を脱ぎ、廊下をついていく。

創業数十年の老舗は、どこも清潔で趣のある建物だった。

(思った以上にとんでもないところだわ。やっぱりお父さんのお金だけじゃ無理よ。私の分を合わせても足りないかもしれない。カード、使えるよね?)

笑麻は気を揉みながら縁側を歩く。中庭のところどころに明かりが設置され、暗闇の中、薄ぼんやりと浮かぶ池や木々が美しかった。

「こちらになります」

通されたのは離れの部屋だ。こんな店を訪れた経験はないので、笑麻の緊張はマックスである。隣にいる父も同じようだった。

「失礼いたします。お客様、ご到着でございます」

「はーい、どうぞ~」

仲居に反応した男性の声が、部屋の中から届く。

「失礼します」

父と笑麻、美保子が和室に入ると、恰幅の良い男性が笑顔で手招きした。

「おっ、来た来た! どうぞ座って!」

先ほどの声の主、響介の父――浩二だ。彼らは上座ではなく、下座に座っている。

「いやいや、俺たちが上座はおかしいだろ」

「いいから、いいから。誘ったのはこっちなんだ。遠慮しないで、笑麻ちゃんと座って。美保子ちゃんはこっちね」

浩二は美保子を自分の隣に座らせた。

笑麻と父も、花菱家と座卓を挟んで座布団に正座する。

笑麻はおもむろに響介と思われる男性のほうを見て、ハッとした。

（響介くん、ものすごいイケメンになってる。小さい頃の写真は可愛い雰囲気だったけど……）

伏し目がちにしているが目は大きく、鼻筋は通っており、閉じた唇はほど良い薄さだ。細身の体躯《たいく》は下半身が見えないのでわからないが、背が高そうではある。

「失礼します。お久しぶりです」

背筋を正した笑麻は、浩二に挨拶をする。

「お久しぶり、笑麻ちゃん！　いやぁ、美人になったねぇ！　おじさんのこと覚えてるかな？」

浩二が、わははと豪快に笑いながら言った。

「ええと、少しだけ……。ごめんなさい」

「うん、うん、そりゃそうだよなぁ。こーんな、ちっちゃかったもんなぁ。こうしてまた会えるなんて、本当に嬉しいよ」

「ありがとうございます」

美保子といい浩二といい、ふたりとも褒め上手である。

（お世辞だとわかっていても照れちゃうな。昔からきっと、今みたいに優しかったのよね。素敵なご両親だわ）

嬉しく思っていると、目の前にいる響介が口を開いた。彼は笑麻の父を見ている。

「お久しぶりです、花菱さん」

「響介くん、立派な大人になったね。しかも、とんでもないイケメンじゃないか」

「そんなことないですよ。おじさんは昔と変わらず、若々しいですね」

「わはは、ありがとう」

クールに笑んだ響介に、父は明るい声で笑った。そして彼の視線が笑麻に移る。

「お久しぶり」

「お久しぶりです、響介くん」

と、挨拶を交わしたはいいものの、それきり会話は続かなかった。

（私が覚えてないんだから、響介くんだって私を覚えていないよね。そこから話が広がるわけでもなく……、仕方ないか）

食事が始まり、父親たちに酒が入る。美保子は笑麻に気を遣って色々と話しかけてくれたが、響介は箸を動かすだけで黙っていた。

（いきなり出た結婚話だもの。響介くんだって戸惑ってるはず）

酒を酌み交わしている父親たちは、すでにふたりの世界に入り込んでいる。

「結婚することになったら、そのうち孫の顔も見られるかもしれないな」

「おお、俺たちもついにおじいちゃんか……！」

響介の父の言葉に、笑麻の父が笑顔で手を叩いた。

「しかし、なんだな。……なんで真っ先に俺に相談してくれなかったんだよ。担保なんかにしないで済んだのに」

「いや、さすがに友人には言えないよ。まぁ、結局こうしてお前に相談することになったんだけどさ……」

「それは気にするなって言ってるだろ。そういえば、あいつ覚えてるか？　ほら、大学三年の時にゼミで一緒だった——」

ふたりの話をニコニコ聞いていた美保子が、響介のほうに顔を向ける。

「笑麻ちゃんと、ふたりでお話してきたら？　メインのお料理が来る前にスマホに連絡するから」

「そうだね。じゃあ、行こうか」

笑麻に向けて響介が微笑《ほほえ》んだが、よそよそしさは隠せていない。

「ええ、行きましょう」

響介に続き、笑麻も静かに立ち上がった。

部屋を出て、先ほど通った縁側を進み、中庭を眺められるホールに到着する。

彼が何も話さないので、笑麻も余計なことを言わずにいた。

（今日、ここに来たということは、響介くんもこの結婚に乗り気でいるのよね？　この後、断られてしまったら、私と一緒にいても合わないと思われた……。なんてことにならないようにしなくちゃ）

大きなガラスの壁の前で歩みを止めた響介の隣に立ち、ライトアップされた木々に目をやった時だった。

「笑麻」

「えっ、はい」

急に名前を呼ばれてドキリとする。子どもの頃の彼の声は覚えていないが、大人の低音ボイスがギャップを感じさせた。それほどまでに、響介との思い出は遠い過去の記憶だ。こうして呼び捨てにされていたことも思い出せないくらいの。

「ふたりになったら聞こうと思っていたんだが」

「はい」

こちらを見下ろした彼と視線を合わせる。

「本気で俺と結婚する気なのか？」

「え……」

不機嫌そうに眉をひそめる響介に尋ねられ、笑麻は言葉に詰まった。

（さっきまでの響介くんと雰囲気が違う。お互いの両親がいない場所なら本音を出せる、ということ？）

響介の様子から、この結婚に乗り気ではなさそうだと察する。

いくら彼の両親が気に入ってくれても、彼自身がイヤだと言ったら、そこで試合終了である。

だが、笑麻は決めたのだ。父のためにも、この結婚を決めてやる。こんなところでくじけるわけにはいかない。

「もちろん！　そのつもりで今日は張り切って来たんだよ」

笑麻は満面の笑みで答えた。

「相変わらず元気だな。小さい頃と全然変わってない」

「それだけが取り柄だから」

自虐的な言葉を使った自分に嫌悪し、えへ、と笑ってごまかすと、響介が慌てて否定する。

「いや、元気があるのはいいんだが――、ってそうじゃなく、結婚の話をしているんだ。十年以上も会っていない相手と結婚するんだぞ？　笑麻はイヤじゃないのか？　そこは遠慮せずに言ってくれ」

「え……」

てっきり笑麻との結婚がイヤで不機嫌な顔になったのかと思ったが、そうではなく、笑麻の気持ちを慮《おもんぱか》っていたかららしい。

（小さい頃も優しかった印象だけど、今もそこは変わらないんだ……。そうだよ、優しいから私とお父さんのことを可哀想だと思って、今夜この場所に来てくれているんだ。彼にとってこの結婚にメリットなんてないのに）

そう思うと、笑麻の決心が少々揺らぐ。

「私は結婚するつもりだけど、響介くんこそ無理なら断って――」

「俺は断らないよ」

笑麻の言葉を遮って、響介がきっぱりと言った。

「本当に？」

「ああ。断らない」

「そう、良かった」

安堵の息を吐く笑麻の隣で、響介が淡々と話を進める。

「結婚披露宴には身内しか呼ぶつもりはない。式は親がやりたがっているだけだ。神前式だの教会式だのは笑麻が好きに決めればいい」

「響介くん、詳しいのね」

「別に、それくらい常識だろ」

「私、結婚なんて興味がなかったから全然わからないんだ。響介くんはよく知っててすごいね」

感心する笑麻から、ふいっと視線を逸らした響介が、ぼそりと言った。

「……付き合っていた男はいなかったのか？」

「えっ」

まさかの質問に驚いてしまう。

「笑麻は二十五歳だろう。結婚を考えた相手がいてもおかしくないよな？」

ここで見栄を張ったり、嘘を吐いても仕方がない。正直に話したほうがいいだろう。

笑麻はコホンと咳払いし、説明を始める。

「昔、付き合った人はいたけど、結婚なんて考えたことないよ。響介くんこそ、私と結婚して本当に大丈夫なの……？　そんなにカッコいいんだから恋人がいても不思議じゃないし、いなくてもモテモテで、よりどりみどりでしょう？」

「心配をしてくれるのはありがたいが、逆に心配になってしまった。

「俺にも恋人はいないし、俺に言い寄ってくるのは金が目当ての女ばかりで、そういう女性は苦手だ。今の笑麻みたいに、な」

語尾とともに冷たい視線を向けられ、笑麻の体が固まる。

「だから俺は笑麻に期待はしていない。笑麻も俺に期待しないでくれ」

「……なんの期待？」

「夫婦間の愛情だよ。俺に愛されたいなどと思われても迷惑でしかない。笑麻も同じだろ？　長い間、顔も見ていない相手に恋愛感情を持つことなど迷惑なはずだ」

笑麻は彼を見つめたまま、何も言えずにいた。

（どうしよう。あまりプライベートに立ち入るのも悪い気がするけど、でも結婚するなら確かめておいたほうがいいよね……？）

「おい、聞いてるのか？」

「あ、うん、聞いてる。あの、無理に答えなくていいんだけど……」

「なんだ？」

「もしかして男性が好きなの？　私、同性愛に偏見はないし、誰にも言わないから大丈夫だよ。結婚してもその人と恋人関係でいられるなら、私に遠慮せずそうして。邪魔しないし、寧ろ応援するから」

「なんでそうなるんだよ？」

笑麻なりに真剣に伝えたのだが、響介は困惑顔をこちらに向ける。

「だって、そんなにカッコいいのに恋人がいないなんて言うし、近寄ってくる女性が苦手なんだったら、男性の恋人がいても不思議じゃないかなって」

「おかしな勘違いをするな。俺は男なんぞに興味はない。俺も笑麻と同じく同性愛に偏見はないし、差別をすることもない。しかし俺は金目当ての女性が苦手なだけであって、女性が好きだ。そこは間違えないでくれ」

「本当に？」

「本当だ、信じろ。どうしたらそういう発想になるんだよ」

響介は笑麻を見下ろして、呆れ顔で言った。

「……わかった」

笑麻がうなずくと、彼は大きくため息を吐いてから、話を戻す。その表情は真剣なものに変わっていた。

「とにかく俺は笑麻と真の夫婦になるつもりはない。他に好きな男ができたらそっちにいってくれて構わないし、俺にも構わないでくれ。俺の父は笑麻のお父さんに恩がある。笑麻のお父さんの願いは笑麻を金銭面で苦労させないこと。俺はその願いを叶えたいという俺の父の意向を汲んだだけだ。それ以上でも以下でもない」

ここまで正直に気持ちを話してくれる響介に、笑麻は好感を覚えた。彼は信用できる、と思う。

「父を心配させることがなくなるのなら、それでいいです。末永くよろしくお願いします」

だから笑麻も彼と同じように、正直な気持ちを伝える。

「もう一度聞く。本気で言ってるんだな?」

「うん、本気だよ」

「わかった。結婚しよう」

笑麻が顔を上げて響介の目を真剣に見つめると、彼も視線を合わせた。

「はい。……あっ、そうだ」

淡々としたプロポーズの中、笑麻は大事なことを思い出す。

「どうした？」

「私は響介くんが苦手な『お金目当て』の女だけど、跡継ぎの子どもはちゃんとつくろうね？」

「っ！」

一瞬、響介が引いた気がするが、気にせずに続ける。

「私は響介くんと結婚するお話をいただいた時から、花菱家の跡継ぎに貢献するために責任を全うすると決めていたので。私のことが苦手でも、そこは受け入れてくれるんだよね？」

自分を卑下するつもりではないが、笑麻と父を救ってくれる花菱家に恩が返せるのなら、できることから頑張ろうと決めていたのだ。

「結婚するんだから当たり前だろ」

「良かった。さっきお父さんたちが話してたように、孫ができたら喜ぶだろうから、頑張ろうね」

「が、頑張る？」

響介の困惑した声が伝わる。

「そうだよ、頑張って子づくりに励まないと。やっぱり一姫二太郎かな？　産み分けってできるのかな……。色々調べなくちゃ」

自分で言っておきながら急に照れくさくなり、響介から視線を外してひとりごちた。

結婚したら響介と子どもをつくる。今、目の前にいる彼に抱かれてしまうわけで。と、いちいち考えていたら恥ずかしくてたまらなくなるので、笑麻は会食がある離れのほうを指さした。

「そろそろ戻って、お父さんたちに報告しない？　つつがなく結婚が決まりましたって。あっ、そうそう」

歩みを進めようとして、気になっていたことを尋ねる。

「私のことを笑麻って呼ぶなら、私も昔みたいに響介くんのことを呼びたいと思ったんだけど、いい？」

「別に構わないが」

「ありがとう。……ええと……」

「どうした？」

「私って、響介くんのことを、なんて呼んでたかなって」

間違えていたら申し訳ないので、チラと彼を見て、答えを待つことにする。

「……は？」

「響介くんと遊んでいた頃、私まだ小さくて、あんまり覚えてないの。響介くんの写真を見ても、なんとなくしかわからなくて」

「全然覚えてないのか？」

「優しくて頼りがいがある、お兄ちゃん的な存在、くらいしか……。ごめんなさい」

「そうか。それでよくもまぁ、結婚を決めたもんだな……。そうか、へぇえ～、ふうん……」

響介の顔が引きつっている気がした。それはそうだろう、幼なじみが自分のことを覚えていないと言ったら、誰だって戸惑うはずだ。

笑麻は必死に幼い頃の記憶をたぐり寄せた。

「響介くんのお家は覚えてるよ。大きくて立派だった。お母さんがすごく美味しいクッキーを焼いてくれたの」

「なるほどね。あと、覚えてることは？」

「響介くんは、自転車が好きだったかな……」

「まぁ、合ってる。俺が好きな食べ物は？」

「カレーが好きだった、よね？」

「だいたいの子どもはカレーが好きだな。で?」

問われた笑麻は言葉に詰まる。

(やけに響介くん、ツッコんでくるのね。クッキー以外は思いつきで答えてるのがバレてそう……)

廊下を歩きながら、笑麻はイヤな汗を額に滲ませた。

「そ、そうよね。あとはええと……」

「無理に思い出そうとしなくていい。それよりも、ひとつ確かめておきたいんだが」

「何を?」

「笑麻の初恋は誰だったのか教えてくれ」

「えっ、ええっ! どうして急にそんなこと……!」

思わず歩みを止めて、響介を見上げる。立ち止まってこちらを見る彼の顔は至って真面目だった。

「初恋の相手を覚えていないのか?」

「それは……覚えてるけど、響介くんが知らない人だよ。中二の時の先輩で……って、なんでそんなこと聞くの。恥ずかしいよ……」

みるみる頬が熱くなっていき、今度は違う汗をかきそうだった。

「……あ、そう」

響介の低い声が届く。どこか落ち込んだような声色に聞こえたのは気のせいだろうか。

「……響ちゃんだ」

「え？」

「笑麻は昔、俺のことを『響ちゃん』と呼んでいた」

響ちゃん……。

その響きが笑麻に懐かしさを呼び起こす。

「さっき響介くんのお母さんも『響ちゃんママって呼んで』って言ってたの。やっぱりそうだったのね。じゃあ……『響ちゃん』、これからよろしくお願いします」

「ああ、こちらこそよろしく」

うなずいた響介とともに、親たちが待つ個室へと入っていく。

もう、後戻りはできない。

笑麻は響介とともに、父らに結婚の報告をした。

大型連休を過ぎた、五月中旬の日曜日。

白い雲がぽんぽんと浮かぶ青い空にはツバメが飛び交い、初夏を謳歌《おうか》するように街路樹の木々は青々とした葉を茂らせていた。

「まぁ、いいんじゃないか」

ウェディングドレスに着替えた笑麻を見た、響介の言葉だ。いつもと変わらず、淡々とした声色と表情である。

「ありがとう。響ちゃんも、とてもよく似合ってる。試着の時より、ずっとカッコいいね」

「……くっ」

素直な感想を述べただけなのだが、彼は突然顔を赤くして、不機嫌さをあらわにした。

「変なこと言ったかな？　怒ったならごめんなさい」

「別に怒ってない」

ぷいと顔を逸らした響介に、介添人が言葉をかける。

「ご新婦さまのおっしゃる通り、素敵ですよ。ご新郎さまも、ご新婦さまに素直なお言葉をおかけになってくださいね」

うふふ、と介添人が笑うと、響介が再び笑麻を見た。

「……笑麻も、綺麗だと思う」

　ぼそりと言った言葉に、笑麻の顔がほころぶ。静かに彼に近づき、小さく頭を下げた。

「響ちゃん、ありがとう。結婚式も、新居のことも。何から何まで……ごめんなさい」

「そういう約束だ。気にするな」

「うん」

　暗い顔をしても仕方がないのだが、つい目を伏せてしまう。

「一生に一度のことなんだから楽しめばいい」

「そうだね。私、ウェディングケーキが一番楽しみなんだ」

　話題を変えてくれた響介の優しさに便乗し、笑麻は顔を上げた。

「必死に選んでたもんな」

「あんなに大きなケーキを選ぶのって、この先一生ないと思ったら張り切っちゃうよ。どれもすごく美味しそうだったし」

　とにかく味を重視しているという、レストランウェディングだ。

　カタログには真っ赤な苺がたくさん載った三段のケーキや、見たこともない大きなモンブランケーキ、レモンとオレンジがたっぷり飾られたケーキ、フリルやリボンをかたどったパステルカラーのケーキなどなど。

どれも見ているだけで目がハートになるような、可愛らしく美味しそうなケーキがたくさん載っていたのだ。張り切らないわけにはいかなかった。

「……俺も」

「え？」

「俺もケーキは楽しみだな。笑麻がどれくらいたくさん食べるのか、気になる」

ツンとした表情だが、声色は嘘を言っていない。笑麻は嬉しくなって会話を続けた。

「じゃあ、競争しようよ。どっちがたくさん食べられるか」

「そんなことするかよ」

無愛想に呟いた響介は、笑麻の額を人差し指で、ちょんと押した。

「あ」

その瞬間、笑麻の頭の中に懐かしい記憶がどっと押し寄せる。

――そんなことするかよ、笑麻はバカだなぁ。

クスッと笑った響介――笑麻が転校する直前あたりの彼だろうか――に、同じことをされたのだ。

思わず固まる笑麻を見て、響介が心配そうに顔を覗き込んでくる。

「悪い、痛かったか？」

「う、ううん、全然」

「メイクも……大丈夫だな？　すまない、気を付ける」

彼が焦った顔を見せた。

「響ちゃん……」

「どうした？」

「あ、大丈夫だから……気にしないで」

どう言ったらいいのかわからず言葉に詰まったその時、介添人の声がかかった。

「そろそろお時間ですので、ご親族さまの控え室に参りましょうか」

ふたりの会話はそこで終わった。

介添人に促されるまま、控え室へと移動する。その間も、笑麻の頭の中は先ほどのことでいっぱいだった。

（響ちゃんに額を触られた瞬間、思い出した。小さかった頃のこと。響ちゃんと遊んだこと。断片的にだけどわかる。私、彼のことを本当に『響ちゃん』って呼んでた）

響介の学年は笑麻のひとつ上だが、彼は早生まれなので、笑麻の誕生日が来れば同い年になる。

（しかも私は七月生まれで、響ちゃんと数ヶ月しか変わらない。響ちゃんは私を覚えていたのに、私はほとんど覚えていなかった。昔の話題を振られて答えられなかった私を見て、響ちゃんの顔が引きつってた。……当然だよ）

自分のことを何一つ覚えていない幼なじみを前にして、どんなに傷ついたことだろう。

（どうしよう、響ちゃんに申し訳なさすぎる。とにかくもっと思い出してみよう。今ならできる気がする）

笑麻は思い出した記憶を頼りに頭をフル回転させながら、響介とともに親族の控え室に入った。

両家の親族の挨拶を終えると、笑麻のもとに次々と皆がやってくる。一緒に写真を撮り、言葉を交わし合った。

（皆が喜んでくれている。理由はともあれ、響ちゃんのいい妻になれるように頑張ろう。響ちゃんが私を疎んでも立場上は彼の妻なんだから。響ちゃんに恥を掻かせないようにしっかりするんだ）

緊張しながら笑顔で対応していると、響介の親族の女性がふたり、笑麻のそばにきた。響介は少し離れたところで笑麻の親族と会話をしている。

「響介の従姉妹《いとこ》の花菱早紀《さき》です」

長身の美しい女性が挨拶をすると、もうひとりの可愛らしい女性が続いた。

「早紀の妹の有紀《ゆき》です。私たち、笑麻ちゃんに会ったことがあるんだよ～」

「えっ、そうだったんですか……！」

「そうそう。といっても、私は小さくて、よく覚えてないんだけどね。お姉ちゃんとお母さんたちが話してて――」

人懐っこい笑みを見せる妹の有紀とは対照的に、姉の早紀はじっと笑麻の様子を窺《うかが》っている。

「これから、どうぞよろしくお願いします」

笑麻はふたりの顔を交互に見ながら笑いかけた。

「こちらこそ、よろしくね！」

「……よろしく」

有紀は元気よく、しかし早紀は不満げな声を出した。そして急に、笑麻の正面に来て予想外の言葉を突きつける。

「ねえ、笑麻さん。急に結婚が決まるなんて、自分でもおかしいと思わない？」

「えっ？」

「あなた、最近まで響介と関わりは持っていなかったのよね？　いくら幼なじみだからって、響介があなたとの結婚をすんなり了承したとは思えないのよ」

周りには伝わらないように配慮した小声ではあるが、その中にはっきりと笑麻を拒絶するものが感じられた。

「ちょっとお姉ちゃん、お祝いの席でやめなよ。響介くん、こっちに来るよ？」

「だって、何も知らないに決まってるんだもの。放っておけないわよ」

早紀の言葉に疑問が湧く。

「あの、何を知らないんでしょうか？」

「それは――」

言いかけた早紀の腕を、有紀がグッと掴んだ。

「ねえ、本当に響介くん来たってば。やめて、お姉ちゃん」

「……わかったわよ」

嘆息した早紀が、笑麻に耳打ちする。

「そのうちイヤでもわかるから。とにかく私は、この結婚に反対だってことを覚えておいて」

響介が近づくと同時に、早紀が笑麻から、さっと離れる。ごめんね、と有紀が小声で謝り、従姉妹たちはその場を後にした。

「早紀と有紀か。俺の顔を見て逃げたが、どうかしたのか？」

「昔、私と会ったことがあるんだって」

「ああ、たまにうちへ遊びに来ていたからな。笑麻も一緒に遊んだことがある」

「そうだったのね」

笑いつつも、早紀の言葉に囚《とら》われてしまう。有紀も彼女の放った言葉の意味を知っていそうだった。

（でも、早紀さんがこの結婚に反対するのはわかる。突然決まった結婚に違和感を覚えるのは当然だもの。花菱家のような立派なお家なら、尚更警戒されてもおかしくない）

だとしても、動揺を見せずに過ごせばいいだけの話だ。

形だけの夫婦だが、響介が言った通り、今日は楽しんでしまおう。花嫁が幸せそうにしていれば違和感など払拭されるはず。

（いらぬ疑問を持たれてしまったら、その後の結婚生活に支障が出るかもしれない。

響ちゃんの仕事に障る可能性だってある。とにかく今日を乗り越えるために頑張ろう）

笑麻は姿勢を正し、持っているブーケをグッと握りしめた。

いよいよ結婚式が始まる。身内がチャペル内に入る直前、笑麻と響介はスタッフの指示で段取りの確認をしていた。

「響ちゃんって、すごく真面目なのね」

きちんとできているにもかかわらず、時間ギリギリまで何度も確認する響介に言った。

「真面目にやるのは当然だろう。こんなところで、ふざけてる奴なんかいるのか？」

呆れ顔をする響介の言葉に、笑麻は思わずクスッと笑う。

「いるわけないよね。私もヘマしないように気を付けなくちゃ」

「俺も気を付ける。初めての経験だからな。間違えたら教えてくれ」

「それは私のセリフだよ。どうしよう、失敗したら」

さすがに緊張してきたので深呼吸すると、響介が笑麻の腰に手を添えて自分のほうへ引き寄せた。

「俺が完璧にサポートするから大丈夫だ」

「うん、ありがとう」

「安心してお父さんとバージンロードを歩けばいい」

再会した時も思ったが、彼が冷たそうに見えるのは外見だけではないだろうか。今のように気遣ってくれる場面に出会うたびに思う。

「私、思い出してきたの、響ちゃんのこと。少しずつだけど」

「え？」

響介は笑麻の腰から手を放し、こちらを向いた。

「昔も今みたいに、とっても頼りになってた。私よりひとつお兄ちゃんだもんね」

「……どこまで思い出したんだ？」

「一緒に遊んだこととかな。小学校も同じだったよね？　学年が違うから学校での出来事は、あんまり思い出せないんだけど」

「そうか」

響介の穏やかな声に顔を上げると、前を向く彼の表情も優しげだった。

「響ちゃん、嬉しそう」

呟いた笑麻の言葉に、響介がハッとする。

「すっかり忘れられるよりは、マシだと思っただけだ」

『そうだよね。失礼なことばかり言ってごめんなさい。もっと思い出すから、待ってて』

「別に期待しているわけじゃないが、肝心なことを思い出すのかどうかは、楽しみかもしれない」

「え？」

小さく笑んだ響介に疑問を投げようとした時、笑麻の父が登場し、会話はそこで途切れた。


チャペルが隣接されたレストランが、結婚披露宴の会場だ。

披露宴客や新郎新婦が着席するテーブルは、薔薇《ばら》やマーガレットなどの白い花々とたっぷりのグリーンをあしらった清楚《せいそ》な装花が美しく、窓の外のガーデンと調和している。

身内だけという響介の言葉通り、お互いの親族と友人だけのこぢんまりした披露宴となった。

花菱コーポレーションの関係者を呼ばなかったのは、響介か彼の家族が、笑麻たちに気を遣ってくれたからなのだろう。笑麻は二歳の時に母が病気で亡くなり、そちらの親戚付き合いは希薄になっている。笑麻の元同僚といっても、父が工場を閉鎖してその人たちの職を失わせてしまったのだから、披露宴どころか合わせる顔がない。

そんな笑麻たちの事情を汲み取り、新郎新婦の客数に大幅な違いが出ないように調整してくれたのだと思う。

(響ちゃんは、父と上司がいる場所で緊張を強いられたくないからだ、なんて言ってたけど、私たちを気遣った上での言葉なんだよね)

花菱家の優しさに笑麻の胸が温かくなる。

たとえ夫婦間に愛がなくとも、この結婚は笑麻にはもったいないくらいの好条件であると、結婚式に臨んだ今、ひしひしと感じていた。

「――それでは次に、新郎新婦さまがウェディングケーキを食べさせ合う、ファーストバイトのお時間です」

ファーストバイトには、新郎から新婦へ「一生食べるのに困らせない。一生懸命働いてあなたを食べさせます」という意味があり、また新婦から新郎へ「あなたのために一生美味しい料理を作ります」という意味も込められている。

現代に当てはめると少々古く感じられるが、お互いを思い合うという意味に捉えれば良さそうだ。何より盛り上がるイベントなので、披露宴に取り込まれることが多い。

「それではまず、ご新郎さまからご新婦さまへ、どうぞ〜！」

司会の指示を受けた響介は「よし」と小声で気合いを入れ、大きなウェディングケーキに大きなスプーンを入れた。笑麻が迷いに迷って決めた、苺が盛りだくさんの可愛らしいウェディングケーキだ。

「いくぞ……」

こちらへケーキを向けている響介だが、緊張しているのか、手が微妙に震えている。

「響ちゃん、プルプルしてるよ、大丈夫？」

「だ、大丈夫に決まってるだろ」

ふわふわのスポンジにたっぷりの生クリームと、ナパージュされたつやつやに光る苺が載ったケーキが、笑麻の口元へ近づいてきた。

客席から楽しげなざわめきと、カメラのシャッター音が響く。予想通り、このイベントは見ている者も楽しめるようだ。

「ちょっとこれ、大きくない？」

「どっちがたくさん食べられるか競争しようと言ったのは、笑麻じゃないか」

響介が、ふんと鼻で笑った。

「そ、そういえばそうだった……。じゃあ、ちゃんと口の中に入れてね？」

「ああ、いくぞ、ほら」

「あー、んっ！　ん、むむっ？」

大きく口を開けて挑んだものの、思った以上に口中がケーキでいっぱいになる。苦しいが、自分から勝負を仕掛けたため、負けるわけにはいかない。

「笑麻、頑張って～！」

親友の結城直美《ゆうきなおみ》の声が届き、笑麻はその場でこくこくとうなずいた。

どうにかもぐもぐと口を動かして、バニラが香る生クリームとしっとりしたスポンジ、苺の甘酸っぱさを思う存分味わった。

「んっ、むむ……はぁ……、美味しい～！」

満面の笑みで感想を述べると、会場から拍手が沸き起こる。

「いいぞ～、笑麻ちゃん！」

「よくやった、笑麻！」

「笑麻ちゃん、最高～！」

響介の父母と笑麻の父が声援を送ってくる。笑麻は父らと直美に手を振ってから、響介に向き直った。

「えへへ。全部食べたよ？」

「マジであの量を食べきるとは……すごいな」

呆れと恐れと感心の入り混じった複雑な顔で響介が呟いた。笑麻はニヤリと笑い、スプーンでケーキを切り取る。

「はい、じゃあ次は響ちゃんね。私のより少し大きく切ってあげたよ」

「お、おい、正気か？」

目の前にケーキを差し出すと、響介が怯《ひる》んだ。

「私が食べたのと、それほど変わらないから大丈夫、大丈夫」

「いや、全然違うだろ……！」

「いいから、あーん」

いけいけ～！　と言う父や友人たちのかけ声に押された響介は、渋々口を開いた。

そこへケーキを押し込むと、驚いた彼は大きく口を開いて、かぶりついた。

「んぐっ、んむ……」

眉間に皺を寄せながら、もぐもぐと口を動かしている。その様子が、どんぐりを口いっぱいに頬張るリスに似ていると気づき、笑麻は吹き出しそうになった。

「んぐぐ……、く、食ったぞ……！　よしっ！」

響介は右手を腰の位置でガッツポーズさせた。彼の頬には生クリームがついたままだ。

「あっ、ほっぺにくっついてるよ」

「え？」

そこに触れようとした響介の手をそっとどけた笑麻は、彼の頬についた生クリームをペロリと舐め取った。

「っ！　んな、なんっ！　何をっ！」

一瞬固まった響介が焦った声を出す。同時に、わっという歓声が上がり、司会者がすかさず言葉を発した。

「新婦さまの素敵なご配慮に、新郎さまも嬉しさを隠せません！」

だよねえ～！　と言う響介の父の嬉しそうな声が届いた。彼の父は結構ノリが良い。

「夫婦なんだから、これくらい当然でしょ？」

介添人から受け取ったハンカチで口元を拭き、笑麻は響介を見上げた。

「ま、まぁ、そうだな」

「ケーキ本当に美味しかったね。あ、でもこれは私の勝ちということでいいんだよね？　響ちゃんは、ほっぺに残しちゃったんだから」

笑麻が笑いかけると、響介はムッとした顔をした。

「勝ったらどうするんだ」

「考えておくね。何をしてもらおうかな～、楽しみ」

司会者に促され、笑麻は響介と同時に椅子に座った。

そして彼の横顔をチラリと見る。

(勢いで響ちゃんのほっぺのクリーム舐めちゃったけど、顔を真っ赤にするくらいだから、相当イヤだったのかな?)

すでに冷静な表情に戻った響介は、シャンパンを口にしていた。

見せかけだけでも仲が良いフリをしたほうがいいという、笑麻の咄嗟の判断だったのだが。

(響ちゃんがイヤでも、周りに違和感を抱かせないためには……しょうがないよね)

笑麻もシャンパンを手にして口をつける。

(それにしても、響ちゃんと一緒に過ごすたびに、彼を見る目が少しずつ変わってきてる。彼って結構……いい人じゃない?)

愛情がない結婚だと強調していた響介だったが、そのわりには挙式の練習を何度もして、ケーキを食べ合うイベントもこなし、新婦をエスコートする新郎としても完璧だ。何より真面目に取り組んでいる姿が頼もしい。

そもそも、挙式や披露宴の打ち合わせにも積極的に参加し、笑麻が遠慮しないで済むような配慮までしてくれていた。

そんな響介の隣に一日いた笑麻は、素直に彼を素敵な人だと感じられたのである。

大人になった響介に再会した時、彼は無愛想で言葉も優しくなかった。笑麻が笑いかけてもニコリともせず、不機嫌そうな印象だった。

しかしこうして一緒に過ごしてみると、彼の無愛想さの裏に優しさが見え隠れしていることに気づき、色々な表情まで見せてくれることがわかった。

響介との記憶を取り戻しつつある笑麻は思う。

子どもの頃も頼りになる彼だったけれど、さらに頼りがいのある大人の男性に成長していた。そして幼い笑麻に対していつも優しかった響介の本質も、きっと今も変わっていないのだろう、と。

無事に披露宴を終えた笑麻と響介は、ふたりの新居に移動した。

どこかのホテルに泊まることはなく、新婚旅行もない。もちろん笑麻にはなんの不満もなかった。

（あんなに素敵な式を挙げてもらったんだもの。お父さんもすごく喜んでいたし、本当に良かった。これ以上の贅沢はないわ）

そもそもお互い「好き」という恋愛感情がないのだから、いちゃいちゃするためのホテルや旅行など不要なのである。

住まいは花菱コーポレーションが建築に関わった都心にあるマンションだ。

響介は今までもそういったマンションを転々としながら住んでいたらしい。実際の住み心地を体験し、改善点に気づくためだという。

今回は築十年、分譲住宅と遜色ないと謳われる賃貸マンションに空きが出たため、そちらに新婚の居を構えることとなった。

会社から住宅手当が出るといえども、場所的に相当値段が高いはずだ。戸惑う笑麻に、響介はいつもの顔で「気にするな」と言っておしまい。家電と家具はレンタルするので好きなのを選べと言われ、すべて笑麻の好みのものを置かせてもらった。

そして約束通り、響介の父は、笑麻の父の住む場所や新しい職場を用意してくれたのだ。これでひとまず、笑麻も父も生活していけることに安堵した。

花菱家には感謝という言葉では言い表せないほどの思いでいる。

笑麻は湯船に浸かりながら、結婚までのそれらを思い出し、そして覚悟を決めた。

これから始まる「初夜」について——。


「お先に入りました。ありがとう」

風呂から上がった笑麻は、リビングにいた響介に声をかけた。

「いや。それじゃあ俺も入ってくる」

「寝室で待ってるね」

「ああ」

うなずいた響介はソファから立ち上がり、その場を去った。

「さて、と。とりあえず気持ちを落ち着けよう」

笑麻はキッチンで冷たい水を飲んでから寝室へ行く。

ダブルベッドの上に腰掛けて深呼吸をした。真っ白な新しいシーツが気持ちいい。

部屋の明かりは間接照明だけにして、響介を待つ。

彼がこの部屋に来たら試合開始——ではなく初夜の開始だ。

(学生時代に付き合った彼とは、途中までしかしてないのよね……。別れた後、私は仕事が忙しくて恋人を作るどころじゃなかったし)

披露宴に来てくれた友人たちに男性を紹介されたこともあったが、付き合うまでには至らず、処女のまま今日まで来てしまったのだ。

（幼なじみの響ちゃんが相手なら、思ったより怖くないかもしれない。脳内で散々シミュレーションしたんだし、大丈夫よ、大丈夫。響ちゃんは何人も経験してるんだろうから、きっと慣れていて……）

その時、なぜか胸がきゅっと痛んだ。

「何、今の……？」

心がモヤモヤし、チクチクと胸の痛みが続く。

「疲れたのかな……。今日はたくさんの人に会ったし、挙式と披露宴なんて初体験だもの。緊張が続いてるのかもしれない。……よし」

笑麻は立ち上がり、肩をグルグル回したり、屈伸運動をして体をほぐした。緊張が少しずつ解けていくのをいいことに、気づけばスクワットまで始めている。

「うう、最近運動不足だったから、効くう～」

「おい、何してるんだ？」

振り向くと、いつの間にか寝室に来ていた響介が不審な顔をこちらに向けていた。

「あ、響ちゃん。お風呂、あったまった？」

「ああ。掃除しておいたから、あとは何もしなくていいぞ」

「えっ、ありがとう」

響介が当然のように言うので、笑麻は感心しながら礼を言う。

何もかも用意してくれた響介にお返しするには、彼が快適に暮らせるように笑麻が完璧に家事をこなすくらいしかないと思っていたのだが……。

（響ちゃんは私に家事を要求しないどころか、自分でしちゃうんだ。嬉しいけど、これじゃあ彼に恩を返せない。どうしよう……）

響介の顔を見つめていると、彼がダブルベッドを指さす。

「もう寝るか」

「あっ、はいっ」

動揺しないつもりでいたが、声がうわずってしまった。

（……そうだ。ベッドの上で恩を返せばいいんじゃない？　響ちゃんが喜ぶことをしてあげるとか。とはいえ、未経験の私じゃテクニックも何もない。喜ばせるどころか迷惑になりそうだから、やっぱり無理か……）

悶々と考えながらベッドに腰掛けると、響介が隣に座った。

「笑麻」

笑麻を見つめる彼と視線を合わせたと同時に、心臓がトクンと大きく鳴る。響介の美しい瞳に吸い込まれそうだ。

「イヤだったらイヤだと、はっきり言ってくれ。俺はそこに愛がないからといって、同意もなく無理矢理お前を抱くようなことはしたくない。そういう男は最低だと思っているからな」

ここに来てまたも響介は笑麻を思いやる気遣いをする。そこまで考えてくれる彼に申し訳なく思った笑麻は、逆に聞き返した。

「私も響ちゃんと同じ気持ちだよ。響ちゃんが無理に私を抱きたくないなら言って。男の人だって好きでもない女性とするのはイヤでしょう?」

「俺はイヤじゃない」

響介が即答した。負けじとばかりに笑麻も続ける。

「私もイヤじゃない」

「じゃあ同意ということで間違いないな?」

「はい、間違いありません」

真剣な声でうなずくと、突然、ベッドへ押し倒された。

「あ……っ」

のしかかってきた響介の端整な顔が目の前にある。

「無理矢理はしたくない。だが俺は今夜、笑麻を抱くつもりではいた。拒否をされたら次の手を考えるくらいにはな」

こちらを見下ろす彼の瞳に笑麻が映っている。息がかかりそうなほどに近い。

「私だって……、響ちゃんに抱かれるつもりでいたよ。結婚式の最中もずっと考えてた。だって言ったでしょう？　本当の夫婦じゃなくても、ちゃんと子どもはつくろうって」

「ああ、そうだったな」

呟いた響介の唇が、笑麻の唇を奪う。

「ん……」

軽いキスは、少しずつ深いものに変わっていった。彼の舌によって笑麻の口中が溶かされてしまいそうなくらい、甘く感じられる。

「っは……」

唇が離れ、笑麻は息を深く吸う。

数年ぶりにこのようなキスを受けた笑麻の体は、すでに熱くなっていた。

肩で息をしている笑麻の耳元で、響介が問いかける。

「今日食べたウェディングケーキ。あのファーストバイトの意味を覚えてるか？」

「うん、覚えてる……あ」

耳たぶを甘噛みされた笑麻は、小さく声を漏らした。

「あの意味通り、俺はお前を一生食うに困らせない。今まで苦労していた辛い思いを二度とさせないから、安心していい」

「響ちゃん……」

「花菱コーポレーションがなくなっても、だ。万にひとつの可能性がないともいえないが、もし会社がダメになっても、俺はどうにかして働いてお前を食わせていく。それが、笑麻と結婚した俺の責任だと思っている」

響介は再びこちらを見下ろし、真面目な視線を向ける。

愛がなくてもここまで責任を持って、笑麻とのこれからを考えてくれているのだ。

笑麻も彼の思いに応えたいと心から思い、新婦側のファーストバイトについて口にする。

「私も、響ちゃんのために美味しいご飯を一生作ります」

「作れるのか？」

「ま、毎日作ってたんだから、そこは安心してよね」

口の端を上げて意地悪な笑みを作った響介に、笑麻は反論した。

「わかった、楽しみに食べるよ」

「っ！」

先ほどとは打って変わって優しい笑みを見せた響介に、笑麻の胸がきゅんと痛む。

再び響介の唇が重なった。今度はいきなり深いキスになり、口中の奥まで支配してくる。

「ん……っ、んんっ」

とろけそうになるキスに身を委ね、笑麻も自分から舌を絡めた。

服を脱がせる手も、笑麻の肌に落とすキスの感触も、笑麻が初めて感じる痛みを最小限にしようと気遣う腰使いも……。

彼のすべては笑麻を傷つけることなく優しかった。

耳元に届く響介の吐息を感じながら、彼の熱い体にしがみつき、笑麻は思った。

この結婚を響介に後悔させないよう、そして恩を返すためにも、彼に尽くすことに専念しようと。

結婚式から二週間後の五月下旬。休日の響介と、遅めのブランチを食べる。

初夜を経験した後も、特にふたりの関係は変わらない。響介の仕事が忙しかったので、あれきり体を重ねることもなく、笑麻も新居での家事を覚えることに忙しく、日々が過ぎていった。

ブランチのメニューはコンソメスープ、バジルのドレッシングをかけたトマトサラダ、夕飯の残りを使ったハムとチーズのホットサンドだ。

ダイニングテーブルから見える窓の外は、今日もよく晴れている。少々汗ばむくらいの陽気だ。

響介は「美味しい」と言って、ふたつめのホットサンドに手を付けた。彼は笑麻の料理を残すことなく食べてくれるので、作りがいがある。

食後のコーヒーを飲みながら、笑麻は頃合いを見て尋ねた。

「響ちゃん。ちょっと相談があるんだけど、いいかな?」

「なんだ?」

響介がコーヒーカップから顔を上げる。

「今後も妻の勤めはきちんと果たします。家事もするし、子づくりにも励みます。ただその、何もかも響ちゃんにお金を出してもらうのは申し訳ないと思っていて……」

「というと?」

「響ちゃんの会社で働かせてもらえないでしょうか?」

真剣な気持ちを彼に伝えなければと、口を引き結んで彼を見つめる。

「笑麻が？　花菱コーポレーションで？」

彼は訝しげな顔で笑麻に問いかけた。

「パートに出ようかと思ったんだけど、どうせ働くなら、響ちゃんの会社のお役に立ちたいと思って。もちろん、響ちゃんの妻だからと言って特別扱いはしないということで……」

「金が足りないのか？」

「ううん！　それは全然足りてる！　寧ろ余ってるくらい！　……ただ、自分が使うお金くらいは自分で稼ぎたいし、私のお金でお父さんの手助けもしたいから」

「笑麻のお父さんの件は心配しなくていい。笑麻の小遣いも、もっと増やすから気にするな」

響介はそう言って、カップに口を付けた。彼の同意を得るのは難しそうだが、響介に恩を返すためにも引くわけにはいかないのだ。

笑麻は身を乗り出して響介に訴える。

「私、響ちゃんにばかり負担をかけたくないの。花菱コーポレーションにパートやアルバイトの枠があるなら働きたい。でも、迷惑なら別の場所で働きます。さっきも言ったけど、家事はきちんとやる。そのうえで――」

「俺は一生笑麻を苦労させないつもりだと言った。だが、笑麻の意思で働きたいなら反対はしない。……ただ、パートやアルバイトでいいのか？」

目の前にいる響介は両手を組み、笑麻と視線を合わせた。

「どうせなら、社員になって働きたいとは思わないのか？　社員になれば保証は手厚いし、産休も取れる。父は社員の週四日勤務態勢を近々実行するつもりなんだ。そうなれば妊娠中でも働きやすいし、リモートでの仕事を選ぶこともできる」

「え……」

笑麻は響介の提案に驚き、言葉に詰まる。

今まで父の工場で働いたことしかない。営業や事務作業に携わっていたが、一般企業と違うのはわかっている。ましてや花菱コーポレーションは大企業だ。パートやアルバイトで入ろうとするのもおこがましいが、社員を望むなどというのは、さらに図々しいのでは……？

「お父さんのところで長年働いてきた笑麻を否定するわけじゃないが、別の世界を見ることも大切じゃないか？　今後、笑麻のお父さんの助けになる経験が得られるかもしれないだろう」

「……響ちゃんの言う通りだと思うし、本音を言えば社員になってみたい。でも、社員になったら家のことが完璧にできないかもしれない。そうしたら、私がここにいる意味がないかなって」

「俺もひとり暮らしをしていたんだから、一緒に家事はできる。お互い忙しくて無理なら外注に頼ってもいい」

「響ちゃん……」

どうしてそこまで考えてくれるのだろう。笑麻は申し訳なさと、嬉しさと、疑問と、色々なものが胸にこみ上げ、ただ黙って彼の顔を見つめることしかできなかった。

「ただし、正当な手続きは行ってもらう。人事にコネ採用はしないように伝えておくから、中途採用の試験と面接を受けるんだ。合格すれば、俺のところでも気兼ねなく堂々と働けるだろ？　不合格ならアルバイトとして入ればいい」

「……本当にいいの？」

「笑麻のお父さんだって、俺のそばで働いていると言えば安心するんじゃないか」

なんでもないという顔をした響介に、笑麻は立ち上がって礼を述べた。

「響ちゃん、ありがとう！　私、試験と面接に受かるように頑張る……！」

「うちの試験は難しいが、まぁ頑張れ」

「うん！」

笑麻は嬉しさのままに笑みを向け、再び椅子に座った。少しぬるくなったコーヒーを飲み干し、もうひとつ別の話題を彼に振る。

「話が変わるけど、ここのバルコニーはガーデニングをしても大丈夫なのかな？」

「ああ、大丈夫だ。このマンションは屋上緑化に力を入れているくらいだからな」

「良かった。じゃあ早速、土を買ってこなくちゃ」

両手を合わせ、何を作ろうかと思案する。

リビングの前にルーフバルコニーが設置されており、プランターをいくつか置いても広々と使える広さなのだ。

「花を植える趣味があるのか」

「野菜を作ろうと思って」

「や、野菜？」

久しぶりに戸惑う響介の顔が見られた。

「野菜といってもね、プランターで作るのは初めてだから、とりあえずハーブにしようかなって。育てるのが簡単だし、虫も付きにくいの。慣れてきたらベビー野菜も作りたいと思ってる」

「へえ～……。実家にいた頃も作っていたのか？」

「お父さんが市民農園を借りてたの。トマトにピーマン、ナス、小松菜に大根。みずみずしくて美味しいし、家計の足しにもなって一石二鳥なんだよ。たくさん取れた時には工場の人たちにもあげてたの。皆喜んでたなぁ……」

ついこの前の話なのに、もう遠い昔のことのようだ。いい人もクセのある人も、様々な人が働いていた工場。思い出すとまだ、切ない気持ちになる。

「育ったらお料理に使うから、響ちゃんも楽しみにしていてね」

「……」

響介はこちらを見つめたまま何かを思っているのか、返事がない。

「あの、響ちゃん？」

「あ、ああ、そうだな。ごちそうさま。美味かったよ」

ハッとした響介は食べ終わった皿を持ち、キッチンへ行ってしまった。

（ハーブが苦手だった？　でも、シソもバジルも美味しそうに食べているから、育てても大丈夫よね？）

それよりも、と笑麻は立ち上がる。早速試験のために勉強を開始し、面接の練習もしなければ。

「頑張るぞ～！」

声に出して気持ちを高める。

キッチンへ行くと、響介は笑麻の食器もささっと洗ってくれたのだった。


六月中旬。そろそろ梅雨に入ろうという頃。

蒸し暑い朝、支度を終えた笑麻は玄関へ急いだ。

「響ちゃん、お先に～！」

革靴を取り出して履きながら、今日の段取りを頭の中で巡らせる。

「ああ、どうしよう。大丈夫かな……緊張してきた」

ブツブツ言っていると、響介がこちらへやってきた。

「まだ緊張してるのか？」

「まだも何も、昨日から始まったばっかりだよ？　緊張が解けるのは、あと半年くらい先になりそうだよ」

「そんなにかかるもんか？」

ニヤリと笑う響介に反論したいが、時間がない。

「うっ、ああっ、もう出ないと！　ごめんね、お先に行ってきます！」

「行ってらっしゃい」

「戸締まりとガスと、色々よろしくお願いします！」

「俺は完璧にできるから、心配しないで早く行け」

はーいと返事をし、笑麻はドアを開けてマンションの廊下に出た。

バッグの中に折りたたみ傘が入っていることを確認し、エレベーターに乗り込む。

先月、響介に相談してから二週間後に、花菱コーポレーションで中途採用の試験と面接を受けた。響介が言っていた通り、面接をした人事の社員にコネ採用はないと告げられたが、数日後に合格の連絡が入る。

そして昨日から出勤し、研修期間が始まったのだ。

「とりあえず会社で朝一番にやることの確認はオーケー。家事は……、トイレのお掃除はしてきたし、リビングはお掃除ロボットがやってくれる。夕飯は作り置きのおかずと、買っておいたお魚を焼いて……」

曇り空の下を早足で歩きながら、頭の中は仕事と家事のことでフル回転している。

(今さらだけど、この服で大丈夫よね？　昨日も似た感じだったけど何も言われなかったし、響ちゃんも特に変だとは言ってなかった)

オフィスに即した服装であれば自由ということで、白いブラウスにカーディガンを羽織り、黒いパンツを穿いた。ゆるく巻いた髪は後ろでひとつに結い、耳には小さなピアスを付けている。目立つ必要はないので地味目な装いである。

急に慌ただしくなったが、笑麻はヤル気満々だ。

（お父さんとふたり暮らしの時も忙しかったけど、今は新しいことを学べる楽しさが増えたから、忙しさも気にならない。何より、響ちゃんの役に立てそうなことが嬉しい……！）

笑麻はひとりうなずき、地下鉄に乗り込んだ。

花菱コーポレーションは東京《とうきょう》都心に本社のビルを構えている。全国の地方都市にもビルがあり、海外にもいくつか会社を置いていた。

笑麻が通うのは本社であり、数年前に作られた部署「空き住宅事業課」に配属された。人口減少に伴い、都心に増えつつある空き家を再生させる事業だ。そこの事務に配属されたのである。

響介も働いている部署だが、社内でも注目されているため人数が多く、あの若さで課長に抜擢《ばってき》された忙しい彼に遭遇する率も少ないらしい。

昨日の研修一日目は、部署内での挨拶と、事業について説明されたＤＶＤ鑑賞や、マニュアルなどを読んで終わった。

今日から初歩的な仕事の開始である。確認したいことが山ほどあったため、家を早めに出たのだ。

「――じゃあまず、この事業計画書を作る練習から始めてみて。テンプレートはこのファイルを開けばいいから。できたら見せてね」

笑麻が使用するPCのファイルを指さし、教えてくれる。

「はい」

「わからなかったら、すぐに聞いて。なんでも答えるから」

「ありがとうございます」

笑麻に仕事を指導する男性社員の道沢《みちざわ》主任がニコッと笑った。そして彼は笑麻の斜め前のデスクに着く。

道沢に限らず、昨日教えてくれた別の社員たち、そして上司らも、皆とても優しい。厳しい雰囲気はどこにもないのだ。

(不動産業に携わる部署だから帰りが遅いと思ってたんだけど、営業部でさえ七時には全員退社するって聞いた。しかも、それに合わせて彼らの出勤時間は遅めなのだとか)

空き家住宅事業課は他の不動産部署と同様、土日は出勤だが、平日に二日の休日がある。

笑麻は九時から五時の勤務で、残業は一時間まで。勤務中は二時間ごとに十五分の休憩を取る決まりがあり、昼休憩後に十五分の昼寝の時間が設けられている。仕事の効率化を狙ってのことらしい。実際にこれらを行う前よりも集中力が高まり、仕事が速く終わるようになったという。

（ＳＮＳで色々なホワイト企業の話はなんとなく知ってたけど、そういう働き方を目の当たりにすると驚きしかないわ……。お父さんの工場はブラックではないにしても、ここまでじゃなかったから）

これらの働き方は、社長である響介の父が二十年以上前から積極的に取り組んでいた結果である。それを踏まえれば、響介が言っていた「週休三日」の制度も難なく行われるだろうと理解できた。

「――お疲れ様。昼休憩に入っていいよ」

「ありがとうございます。お疲れ様でした」

こんなんで良いのだろうか？　と疑問を持つくらいに、ゆるい流れで午前中が終わってしまった。

（お弁当を作る時間がなかったから社食に行ってみる？　それとも近くのお店に行ってみようか……）

席を立とうとした時、後ろから優しく肩を叩かれた。

振り向くと、女性社員がニコニコと笑麻に笑いかけている。

「良かったら、私たちと一緒にお昼しません？」

「えっ、はい！　します！」

「じゃあ行きましょ～」

もうひとりの女性社員が来て、一緒にオフィスを出た。

ビルの外にはフードトラックが来ており、そこでランチを購入する人たちもいた。

笑麻が連れられて入ったのは、オフィスビルから歩いて二分ほどの定食屋だ。新しい店のようで、白木の和風なインテリアが美しく、おしゃれな雰囲気が漂っている。

「ここの唐揚げ定食が、めっちゃ美味しいんだよ」

笑麻の正面に座った女性社員――塚越《つかごし》がメニューを指さす。彼女は笑麻より少し年上の雰囲気があり、スラリとした美人だ。

「じゃあ私もそれにします」

「社食は行ってみましたか？」

塚越の隣に座ったもうひとりの女性社員、丸山《まるやま》が笑麻に尋ねる。彼女は笑麻よりも年下に見える。可愛らしい雰囲気のある女性だ。

「あっ、いえ！　昨日見学はしましたが、まだ食べてはいません」

笑麻が答えると、丸山がうふふと笑った。

「緊張してて可愛いです～」

「大丈夫、うちの部署に怖い人はいないからね」

塚越も優しく笑って、熱いお茶が注がれた湯飲みを手にした。

「昨日から皆さんが優しくて、驚いているくらいです」

笑麻もお茶を飲むと、塚越が続けた。

「部署に限らずだけど、うちは超がつくほどホワイトだから、何か心配事があったらすぐ誰かに言ってね？」

「はい。ありがとうございます」

話しているうちに、オススメのランチ「鶏の唐揚げ定食」がテーブルに運ばれた。

皿には千切りキャベツと大きな唐揚げが四つ盛られている。だし巻き卵と味噌汁、漬物も添えられていた。結構なボリュームである。

全員でいただきますをして、唐揚げを口に入れた。熱々でジューシーな鶏肉を味わえば自然と笑みがこぼれる。

「甘辛で美味しい！」

笑麻の言葉に塚越が、うんうんと大きくうなずいた。

「でしょ、でしょ？　何個でもいけちゃうよね」

「このだし巻き卵も美味しいんですよ～！　ランチのお値段とは思えない大きさで、本当にお得なんです」

丸山の熱弁に釣られた笑麻は、だし巻き卵に箸を入れる。じゅわっと出汁が溢れた卵焼きは、しっとりした舌触りと出汁の香りが口中に広がって、こちらも絶品だ。

「そういえば塚越さん、聞きました？　土田《つちだ》さん、総務の三好《みよし》さんと結婚決まったんですって」

おひつに入ったご飯を茶碗によそいながら、丸山が塚越に問いかけた。

「とうとうか～！　あのふたりお似合いよね。うん、おめでたい」

「あーあ、私も結婚したいな～」

「先に相手を見つけなさいよね」

悶える丸山に塚越が苦笑し、そして笑麻のほうを見た。

「花菱さんはお家でもあんな感じなの？　あ、花菱さんってあなたじゃなくて、うちの課の課長であり、花菱社長の息子さんのことね」

「私も知りたいです……！　いつもクールで余計なおしゃべりもせず、仕事に邁進《まいしん》し、あの若さで課長になった花菱さんの、奥様にだけ見せるプライベートなお姿を！」

　塚越も丸山も目を輝かせ、笑麻に期待のまなざしを向けている。

　しかし、いつの間に響介の妻だと知られていたのだろう。紹介される際にそういう説明はなかったはずだが……。

「やはり、私の名字で彼の妻だとわかりましたか……」

　恐る恐る尋ねてみる。

「花菱さんが結婚したのは風の噂で知ってたけど、あなたが同じ名字でも奥さんとは限らないじゃない？　それで花菱さんにさりげなく確認した人がいたの。あの花菱さんがどんな人と結婚したのか、皆興味があったのよねぇ。花菱さんも隠す必要はないと言っていたらしいから、いつの間にか皆知ってたという感じで――」

　鼻息荒く説明した塚越が、笑麻の驚いた顔にハッとする。

「あっ、誤解しないでね。あなたが花菱さんの奥さんだからって他の人と差別化をするつもりはないから。上司を始め、皆もそういうつもりでいる。あなたがきちんと試験と面接を受けて採用されたのも知ってるからね」

「その通りですよ。社内に旦那さんがいて、奥さんが中途採用で入ってきた人もたくさんいますし、色メガネで見たりしません。ただ、塚越さんが言ったように私も花菱さんのご結婚に興味があって……。ごめんなさい」

丸山が申し訳なさそうに謝った。

「いえ、全然大丈夫です！　逆にお気を使わせてすみません。お話を聞いて安心しました。他の方と同じように接していただけることが一番ありがたいので、皆さんのご配慮が嬉しいです」

笑顔で返すと、ふたりは「いい人～！」「一緒に頑張りましょうね！」と笑顔で深くうなずいた。が、しかし、響介の様子を知りたいというまなざしは消えていない。

これだけでは済まなそうなので言葉を続ける。

「それであの、夫は、その～……」

夫という単語が妙に恥ずかしくて頬が熱くなるが、響介を思い浮かべて正直に答える。

「ご飯をたくさん食べてくれます。家事もしてくれますし……、はい」

「おお～、あとは？」

「クールな印象があるかもしれませんが、とても優しいで――」

言い終わる前に「きゃーっ」とふたりから悲鳴が上がった。

「そうそう、そういうの！　そういうのが欲しかったのよ～！」

「あの花菱さんがっ！　優しいだなんてっ！　目の前で見てみたいっ！」

ふたりの興奮度に、さすがの笑麻も怯む。

「もっとちょうだいと言いたいところだけど、食べちゃいましょう。花菱さん、ありがとう！　というか、あなたの呼び名を変えてもいい？」

「旦那様の花菱さんの話と混乱しちゃいますもんね」

「そうですね。お願いします」

ということで塚越からは「笑麻ちゃん」、丸山からは「笑麻さん」と呼ばれることになった。

社内ではお互い好きなように名を呼ぶらしい。もちろん取引先の前や社内会議などではNGだが、普段は上司にすら愛称を付けているそうだ。

食事をしながら、ふたりは他のことも色々と教えてくれた。

研修期間の後は二ヶ月ごとに別の仕事内容に携わるようになる。これは部署内の仕事全体を把握し、誰が抜けてもフォローできる体制作りのためだという。細かい昇級もある。

また、笑麻のように結婚したばかりでも採用はされ、男女ともに育児休暇を積極的に取っているようだ。いつ妊娠しても安心して働ける、素晴らしい職場である。

楽しくランチを終えた笑麻は、ふたりとともにオフィスへ戻った。


「花菱さん、仕事覚えるの、すごく早いね」

入社して二週間が経った頃、道沢に声をかけられた。部署に来てから、主任である彼が笑麻の指導をしている。

丸山の話によると、爽やかイケメンの彼は部署内だけではなく、他の部署の女性からも人気があるらしい。

「そうですか？　まだ手こずることが多くて……」

「いや、全然だよ。ただ、ちゃんと休憩は取ってね？　それから早く出勤するのもダメ」

道沢が顔の前で手をバツにする。

「あっ、すみません！」

まだ不安なことが多く、つい早めに来てしまっていた。

「ヤル気があるのは評価するけど、この会社では無理をすることが一番いけないことなんだ。それが社長のポリシー。無理をして仕事を辞めてしまうよりも、きちんと休んで必要以上の仕事をせず、続けられるのが会社にとっても利益になるからね」

「そうですよね、反省します……」

「大丈夫、大丈夫。深刻にならないでいいから力を抜いて、一緒にやっていこう」

「はい」

明るく向けられた声に、笑麻も笑顔で応える。

「まぁ、普段から花菱さんに厳しいこと言われてるかもしれないけどさ、そこは気にせず、ね？」

「えっと、……はい」

道沢は取引先に行くからと言って、その場を去った。

笑麻はこの二週間、今のようなことに何度か遭遇した。

それは響介について、だ。

最初はランチに誘われた時だが、その後も別の人たちから「花菱さんは仕事に厳しい」「花菱さんは女性に冷たくあしらう」「ほとんど笑ったところを見たことがない」などという言葉を聞いて、疑問に思ったのだ。

（確かに愛想はないけど……、会社でずっとそんな感じなの？）

パソコンを前に考える。今のところ社内で響介と笑麻が関わる場面がなかったため、彼の様子があまりわからない。同じ部署とはいえフロアは広く開放的で、部署同士の隔たりが曖昧《あいまい》なせいもある。

笑麻がいる部署は「空き家産業プロジェクト」を主に遂行している。人口の減少による空き家対策として数年前に立ち上がった部署だ。地方の過疎化による空き家のみならず、今や都心にもその影響は及んでいた。国や都が空き家問題の対策に乗り出し、そこに様々な企業が関わっている。花菱コーポレーションもそのひとつだ。

響介が主に関わっているのは、空き家リノベーションについての提案である。新たな住人を迎えるために、古い住宅に現代的な機能性を持たせ、かつ見た目も美しく変えるのだ。

昨年のプロジェクトでリノベーションしたマンションや団地は、申し込みが殺到して抽選販売になるほどの人気だった。そのような提案をする響介たちは、役所や取引先、客先など、社外に出ることも多い。

(だから会えたとしても、『見かける』程度なのよね。言葉を交わす機会がないというか)

ふう、とため息を吐いたその時、フロアの奥がざわついた。

「花菱さん、お疲れ様です」

「花菱さん、どうでした？」

部署へ戻ってきた響介の周りにわらわらと人が集まっていくのを、笑麻は遠目に見つめる。

せわしなく動きながら説明を続け、デスクに座ったり移動したりと、響介は相変わらず忙しそうだ。

（課長って、席に居続けている勝手なイメージがあったけど、ここは違うみたい。それにしても響ちゃんって本当にすごい人なんだ……。この大きな会社を継ぐんだもの。大変よね……）

そんな人と自分が結婚して大丈夫だったのだろうかと、今さらながら思わされる。

そしてもうひとつ、笑麻は気づいたことがある。響介がいると、常に女性社員たちの視線が彼に集まっているのだ。

もちろん全員ではないが、ＰＣから顔を上げてデスクから響介のほうを見ている人、彼を見つつそばを通り過ぎる人、立ち話をしていた女性たちが一斉に響介を見る……など、とにかく注目を集めている。

この部署に限らず、社内には結構なイケメンが揃っている。だが、響介のそれは飛び抜けていると言っても良かった。

（スタイルは抜群だし、ヘアスタイルも清潔感があって素敵だし、顔なんて俳優さんと言ってもいいくらいのイケメンだし。皆が見つめちゃうのも納得）

……なのだが、胸のあたりが妙にモヤモヤする。

響介が席に着いたのを確認した笑麻は、そっと自分のデスクを離れた。

オフィスの一角にある休憩スペースに移動する。そこには、壁際に並ぶ自販機とコーヒーメーカーが数台置かれていた。社内にはこのような場所がいくつかあり、作業や軽い雑談ができるように、テーブルやチェアが置かれているのだ。

ちょうど誰もいなかったので、笑麻はホッと息をつく。

「……なんだか疲れちゃった」

笑麻はコーヒーメーカーでカフェオレを淹れ、窓際のカウンター席に座った。ここはひとりずつのスペースに区切られており、落ち着いて座ることができる。

（いいお天気。……甘くて美味しい）

梅雨の晴れ間の青空や、目の前のビル群を眺めながらカフェオレを飲む。温かい飲み物を口にして気持ちが落ち着いた、その時。

「久しぶりに花菱さんの顔を近くで拝んだわ～」

「花菱さん、最近は外での打ち合わせが多いもんね。それにしてもほんと顔が良すぎ。これに尽きるわ」

自販機の前に来た女性たちの話し声が飛び込んできた。笑麻は彼女らに背を向けて離れた場所に座っているので、こちらに気づかないようだ。

声色からして笑麻が直接関わっていない女性たちである。

「あれでもっと柔らかい雰囲気があればパーフェクトなんだけどねえ。仕事の話をするにも、声がかけづらくて」

「パーフェクトでも既婚者ですよ？　奥さん、社内にいるんだから」

「あ、そうだった、そうだった」

クスクスという笑い声とともに、自販機の「ガコン」という音が届く。

響介と自分の話題に焦りながら、笑麻は極力気づかれないよう縮こまって、耳だけそちらに傾けた。

「クールを通り過ぎて冷たいのよね。愛想も一切ないし。パワハラってわけじゃないんだけど、とにかく取っつきにくいのよ」

「飲み会には滅多に参加しない、皆でランチしましょうなんて言っても絶対に来ない。花菱さんのプライベートはほぼ誰も知らないという……、本当に謎な方ですよね」

「普段が優しい感じだったらなんとも思わないんだけど、あの塩対応じゃ、モラハラ夫になってそうとか思っちゃう」

「それは言い過ぎ～……でもないですかね？　奥さん、とても真面目でいい人みたいだから、ちょっと心配かも」

「でも花菱さん、向坂《むかいざか》さんにも冷たいのはいい感じよね。彼女、他の男性社員にも媚び売っててちやほやされてるから、見ててスッキリするわ」

「ああ、あの人ですか――」

話しながら、飲み物を購入した彼女たちは別の場所で飲もうと言って、その場を後にした。

笑麻は彼女たちの気配が消えてから、そちらを振り向く。

（響ちゃんがモラハラ夫って言ってたよね⁉）

心の中で驚いてみるが、実はよくわかっていない。

（社内でのモラハラはわかるけど、モラハラ夫というのは、どういう意味なんだろう。ちょっと検索してみよ……）

スマホをタップして「モラハラ夫」を調べてみるが……。

人前で妻をバカにする、妻の間違いを責め立てる、嘘をつく、怒鳴って威嚇する等、とんでもないことのオンパレードである。

（こんなの響ちゃんには全然当てはまってないよ。でもあそこまで言われるということは、よっぽど会社での態度が冷たいということ？）

彼女らの会話で、もうひとつ気になったことを思い出す。

（向坂さんってどの人だろう？　男性社員に人気があるのかな……？）

笑麻はカフェオレを飲み干し、思い切り背伸びをした。

オフィスに戻る廊下で、ひとりの女性社員がこちらを見つめていることに気づく。

誰かはわからないが、笑麻が軽く会釈をして「お疲れ様です」と言葉にしたところ、思わぬ言葉が返ってきた。

「調子に乗らないでよね」

「え？」

そのまま横を通り過ぎた彼女を振り向き、心の中で反芻《はんすう》した。

（調子に乗らないでって……、私に言ったんだよね？）

笑麻は彼女の背に向けて声をかける。

「あのっ、ちょっと待ってください」

「……何？」

立ち止まった女性はゆっくりこちらを振り向いた。

笑麻と同じくらいの身長だが、華奢《きゃしゃ》でかなりの美人である。

「私が何を調子に乗ったんでしょうか？　教えてください」

笑麻が問うと同時に、彼女が眉を吊り上げた。

「わからないの？」

「はい、わかりません。調子に乗った覚えがありませんので」

「ふうん、そう。じゃあ、それでいいじゃない」

彼女は鼻で笑って一歩踏み出そうとしたので、笑麻はすかさず前に回り込んだ。

「でも、あなたに不快な思いを私がさせたんですよね？　それが何かを教えていただけたら、直せますので――」

「花菱さんが、あなたみたいな人を奥さんにするなんて信じられない。それに、いくら人手不足だからって会社にコネで入れるなんて。……よほどのワケがおありで結婚されたんでしょうね」

「えっ」

笑麻は思いも寄らない彼女の言葉に不意打ちを食らった。

「そうじゃなかったらおかしいわよ。だって花菱さんは私のほうが……」

言いかけた女性はハッとして、口をつぐむ。

「あの?」

「私、忙しいので。ここで失礼するわ」

そう言うと、彼女はくるりと背を向けて足早に去っていった。

(花菱さんは私のほうが――。その後は? 何を言いかけたの?)

追いかけて聞きたいが、自分もオフィスに戻らなくてはいけない。笑麻はひとつ息を吸ってゆっくり吐き出した。そして振り向いた瞬間――。

「わっ」

「何してるんだよ。大丈夫か?」

ぶつかってしまった声の主に驚いて顔を上げると、響介と目が合った。

「え、あっ、響ちゃ……、じゃなくて花菱さん、お疲れ様です。ぶつかってすみません。大丈夫です」

「そこまでかしこまることないだろ。まぁ、社内だから仕方ないか。それよりも……」

響介は笑麻の後ろに視線を移した。

「向坂さんと何を話してたんだ?」

「え」

「今、お前と話してた女性だよ」

「……向坂さんっていうんですね、あの方」

「ああ。俺と目が合ったとたんに行ってしまったが」

彼女が会話の途中で口をつぐんだのは、そのせいだったのだ。

響介の話題を出していたのだから、本人に気づかれるのはまずいと思ったのだろう。

「別になんでもありません。私がヘマしちゃったので教えてくれただけです」

「そうか、気を付けろよ」

「はい」

笑麻が返事をすると、響介が思い出したように言った。

「ああ、そうだ。今日は俺、直帰で早く家に着くから夕飯作っておく」

「え……えええっ！」

「そんなに驚くことないだろ」

「でもそれは私の役目ですし、申し訳ないというか」

「申し訳なくない。そういうことで、待ってるからな」

「は、はい、ありがとうございます！」

響介の提案に心苦しくなった笑麻は、勢いよく頭を下げた。すると、彼が「ぷっ」と吹き出したのがわかり、笑麻はすぐに顔を上げる。

「だからかしこまりすぎだって」

響介が堪えきれないというふうに「くくっ」と笑った。

「っ！」

おかしそうに笑う彼の姿が、なぜか笑麻の胸にきゅーっと刺さる。

「じゃあな」

「お、お疲れ様です」

響介がその場を後にしても、笑麻はしばらく立ち止まったまま胸を押さえていた。

（大人になった響ちゃんがあんなふうに笑ったのを初めて見たかも）

しかし、ときめいている場合ではない。

響介の口から知ることになるとは思わなかったが、笑麻に「調子に乗らないで」と言ってきた彼女こそが、休憩スペースで噂されていた向坂だったのだ。女性社員たちの口ぶりでは、向坂は少々難がありそうな女性らしい。

（とにかく、私は何も悪いことはしていないんだから大丈夫。……していないけど、響ちゃんとの結婚は、私の家の事情を汲んでもらったものであり、そこに負い目はあ

る。彼女が言った『よほどのワケ』を否定はできない。だからと言って萎縮して、仕事に支障が出るのだけはダメだ）

頭の中を整理し、気に掛かることは心の隅に留め、あとは気にせずに進む。今までそうして生きてきたのだ。これからもそれは変わらない。

笑麻は口を引き結び、背筋を伸ばして自分の部署へ戻った。

「ただいま」

マンションのドアを開けると、響介が玄関までやってきた。

「お帰り。お疲れ様」

「響ちゃんもお仕事、お疲れ様でした」

出迎えてくれることに驚きつつ挨拶を返す。そして彼のエプロン姿をまじまじと見てしまった。

スラリとした彼の体型にぴったりのエプロンだ。購入したばかりなのか、綺麗な畳みじわがついている。

「夕飯できてるぞ」

「ありがとう！　なんかごめんね、私の役目なのに」

「元々俺もひとり暮らしでメシは作ってたんだから、お前が気にすることじゃない」

「うん。響ちゃん、エプロンすごく似合ってるね」

「は、はぁ？　エプロンに似合うも何もないだろ」

響介が顔を赤くして抗議する。この表情は何度か見ているが、段々可愛く思えてきた。

「褒めただけなんだから、そんなに怒らなくても」

「別に怒ってない。俺も食べるから手を洗ってこいよ」

「は〜い」

靴を脱いで廊下に上がった。料理のいい香りがして嬉しくなる。

「……いきなり褒めるなよ」

「ん？　何か言った？」

響介の呟きが届いた気がして振り向くと、彼が慌てふためいた顔で否定する。

「何も言ってない！」

「そう？」

「いいから、早く洗ってこい」

「うん」

響介は急ぎ足でリビングに行ってしまった。

洗面所で手を洗い、部屋で着替えを終えてダイニングテーブルに行くと、すでに食卓が整っている。

ゆで卵入りのポテトサラダ、照り焼きチキン、豆腐とネギの味噌汁とご飯。他にも何品かあり、彩り良く盛られた料理が美しかった。

「わぁ、美味しそう！　ていうか、すごく凝ってない？　何時頃に帰ってきてたの？」

「五時半頃だな。食べよう」

感激のままに声を上げた笑麻に、響介が促した。テーブルを挟んで座り、手を合わせる。

「いただきます」

「どうぞ」

「ねぇ響ちゃん、これは何？」

小皿に乗っている海苔巻きを指さした。

「鯛の刺身の海苔巻きだ。カイワレ大根も一緒に巻いている。そっちの皿は、たたききゅうりの梅シソ和えだ」

「へえ～！」

早速、刺身の海苔巻きを食べてみる。

鯛とともに、爽やかな風味とピリリとした辛みが舌の上に広がる。

「これ、柚子胡椒で味付けしてるよね？　すごく美味しい！」

「鯛に合うよな。手軽に作れるわりに美味しいんだ」

響介もひとくちで海苔巻きを食べ、満足げにうなずいている。我慢できずに、笑麻はもうひとつ口に入れた。

「響ちゃんは料理上手だったのね」

「これくらいなら誰でもできるよ」

響介は大きく口を開けてご飯を食べた。照れ隠しのようにも見える。

「誰でもできるものじゃないよ。この照り焼きチキンも最高！」

綺麗な焼き目のついたチキンは香ばしく、ちょうど良い甘辛さだ。食べ応えがあり、ご飯が進む。

「まぁ、たくさん食えよ」

「ありがとう」

梅が絡んだきゅうりをつまみながら、目の前の響介を見る。

いくら早く帰ってきたからと言って、これだけの料理を用意するのは手間がかかったはずだ。

（時間が余ってたとか、ただ料理が好きなだけかもしれないけど、やっぱり響ちゃんって優しいよね……？）

響介に対する女性社員たちの評判は、彼の仕事ぶりと容姿以外は、あまり良いものではない。

（会社で見せてくれた響ちゃんの笑い顔とか、こうやって料理を作って待っててくれるところとか、他の女性たちが知ったら考えが変わるんじゃないかな）

そこまで思って、箸を止める。

（でも、響ちゃんはそれを望んでいないのかもしれない。自分に近づいてくる女性たちは皆お金目当てだと言い捨ててたもの。必要以上に関わろうとしないように、わざと冷たくしてるとか……？）

「ご飯、たくさん炊いたから」

ぼんやりしている笑麻に響介が声をかける。

「あ、じゃあ、ご飯もう少し食べちゃおうかな」

「俺も食うから茶碗貸して」

「ありがとう」

笑麻の心にはまだ引っかかるものがあった。

響介が必要以上に女性社員と関わろうとしないのなら、なぜ向坂は笑麻にあのような言葉をかけたのか……。

（いけない、いけない。響ちゃんと向坂さんに特別な関係があったとしても、私が口を出すことじゃないんだってば）

笑麻は響介から笑顔で茶碗を受け取り、ほかほかのご飯を口に入れた。

美味しい夕飯をたくさん食べ、お風呂に浸かり、ゆったり過ごしてからベッドに入る。

明日の仕事のことを考えながらうとうとしていると、響介が寝室にやってきた。

「今夜は涼しいんだから風邪引くぞ。ちゃんと布団かけろ」

ベッドがきしむと同時に、彼が薄掛けの布団をかけ直してくれた。そして笑麻の隣で横になる。

「ありがと。響ちゃんって……」

「ん？」

「意外とお世話好きだよね」

響介のほうに寝返りを打つと、彼は眉をひそめた。

「そんなことはない。お前が風邪でも引いて、移されたら困るだけだ」

彼がこういう言い方をする時、たぶん本音ではないと笑麻は気づき始めている。きつい言葉と、その後の行動がつながらないからだ。

「響ちゃんはそう言うけど、優しいからできることだと思う。もしかして会社でも気遣いの鬼だったりするの？」

「なんだ、それ。気遣いするなら鬼じゃないだろ」

「……ふふ、そっか」

笑ったと同時に、仕事での忙しさが眠気を誘い、小さくあくびが出る。

「眠そうだな。電気消すぞ」

響介は枕元に置いていたリモコンを使って部屋の明かりを消した。とたんに静寂が訪れ、彼の温もりだけが伝わってくる。

「あの、今夜も子づくりしなくて……いいの？」

初夜以来、一度も彼に抱かれていないのだ。

響介が会食で遅くなったり、出張が続いたり。笑麻の生理や、入社して忙しかったことなどで、どうにもタイミングが合わず。しかも彼が無理に求めてこないので、笑麻から何も言わなかったのだが、さすがに甘えすぎではと心配になった。

「忙しくて疲れてるんだろうから、早く寝ろ。子づくりはいつでもできる」

「ん……、お休みなさ……い……」

言いながらまぶたが下りてくる。もう限界だという時、響介の「お休み」という呟きが聞こえ、笑麻は安心して眠りに落ちた。


向坂の件があってから数日後。

（明日は休日だし、響ちゃんも今夜は何もないようだから、私から誘おうと思ったけど……）

考えてみれば、笑麻を好きではない響介にとってセックスは義務なのだ。排卵日以外にそれを求めるのは、彼にとって苦痛かもしれない。だから一ヶ月以上、一度もしなくても彼は平気だったのではと、今さらながら笑麻は気づいた。

（次の排卵日前後まで誘うのはやめておこう）

笑麻は妊活アプリで排卵日を確認しながら、会社へ急ぐ。

忙しいのだが、仕事には慣れてきた。周りも少しずつ見えてきて、人間関係やそれぞれの立場がなんとなくわかってくる。こうなると仕事に楽しさが加わり、時間が過ぎるのも早い。

しかしひとつ、気に掛かることがあった。先日、笑麻に声をかけてきた向坂のことだ。

彼女は営業部に所属しつつ、こちらの部署とも関わりがあるようで、頻繁に出入りしている。その際、笑麻のところに来て作業スピードについて嫌味を言ったり、服装やヘアスタイルにまで言及してくるのだ。

しかも向坂は、周りに聞こえないように嫌がらせをするので、笑麻を教育している道沢でさえ気づいていない。以前聞いた噂通り、彼女は男性社員にウケが良く、彼らに対してはイヤな雰囲気など微塵も出さなかった。

そんな彼女の言葉をのらりくらりと躱《かわ》していた笑麻だが、さすがに日に何度もあると疲れてしまう。

誰かに相談しようにも、向坂が言った「よほどのワケがあって結婚したのでは？」という話をするわけにはいかない。響介の助けになりたいと思って会社に入ったのだから、彼に余計な心配をさせるのは本末転倒だ。

はぁ、とため息を吐いて午前中の仕事を終えて立ち上がった笑麻に、道沢が声をかける。

「お昼、一緒に行かない？」

笑麻の指導をしてくれている彼だが、ランチに誘われたのは初めてである。

「あ、ええと……」

何かしでかしたのかと不安になり躊躇《ちゅうちょ》する。

「ちょっと確認したいことがあって。社食ならふたりきりにならないし、どうかな？」

「わかりました」

ここでは言えない話だと確信し、笑麻は覚悟を決めて道沢の後をついていく。

社食のあるフロアに到着したふたりは、それぞれ定食を注文した。窓際の席に座って、一緒に食べ始める。

(何を言われるんだろう？ 最近は早い出勤はやめてるし、大きなミスもしていないはず)

ひとくち食べて窓の外に視線を向けると、道沢が口を開いた。

「ごめん。気になって、ご飯進まないよね」

「はい、気になっちゃいます」

正直に答える笑麻に、道沢が苦笑する。

「食べ終わってからにしようと思ったけど、今話しちゃおうか」

「すみません、お願いします」

笑麻が頭を下げると、道沢は箸を置いた。

「もうすぐ入社して一ヶ月になるわけだけど、どうかな？　会社の雰囲気には慣れた？」

「はい、だいぶ慣れました。もちろん仕事はまだまだですが」

「あはは、そりゃそうだ。でも慣れてくれて良かったよ。周りの人とはどう？」

「そうですね。皆さんよくしてくださって、とてもありがたいです。わかりやすく指導してくださいますし、あっ、もちろん道沢主任もですが」

「ええっ、俺？　いや照れるな、ありがとう」

目を丸くした道沢が、あたまをかく仕草をした。

「その……、入ったばかりで言いにくいことはあると思うんだ。だからほんの小さなことでもいいから、気になることがあったら教えてほしい」

「今のところは特に、何もありません」

「……本当に？」

じっと見つめられ、笑麻は元気に返答する。

「はい。もし何かあったら一番に道沢さんに相談しますね」

向坂の件を話したほうがいいのだろうか。

一瞬そう思ったが、心の中で否定する。響介との結婚について話さなければならないし、道沢に伝えるのならば、向坂に直接疑問をぶつけたほうが早いだろう。

「絶対だぞ？　花菱さんに言いづらいことでも、俺に言ってくれよな？」

ここでまた引っかかる、響介についての言葉。いい機会なので聞いてみることにした。

「ちょっとその、夫のことでお伺いしたいんですが……食べながら聞いてもらっていいですか？」

「ああ、大丈夫だよ。食べようか」

道沢はカツ丼定食、笑麻は豆腐ハンバーグ定食に再び手をつける。

「花菱さんが、どうかしたの？」

「ずっと気になっていたんです。夫はそんなに厳しいというか、冷たいというか、愛想がないというか、塩対応なんでしょうか？」

「あははっ、そこまでは言わないけど、まぁまったくの嘘というわけではないかな？」

笑った道沢は冷たい水を口にする。

「俺は花菱さんのふたつ年上だから、彼が入社した時から知ってる。あの見た目、そして花菱社長の息子ということで、とにかく注目されていたんだよ。特に女性からね」

「なるほど……」

「でもそんな女性たちには目もくれず、彼は仕事に邁進した。真面目に取り組みすぎて休みも取らないもんだから、社長から強制休暇を取らされた過去があるくらいにね」

道沢は再び箸を取り、カツ丼を頬張る。笑麻は味噌汁を啜った。

「彼は自分に厳しいし、周りにも厳しい。男女分け隔てなく愛想があまりないどころじゃなくてかなり少ないから、女性たちは近づきたくても近づけないって感じかな。俺も彼のそばにいるとピリッとするし、緊張はする。特に後輩たちはそう感じてると思う。でも自分の仕事を完璧にしつつ、上司や後輩のフォローもできるから、彼のことは皆リスペクトしてるんだよ」

「頑張ってるんですね、彼」

響介の努力が伝わっているようで嬉しくなる。

「ああ、そうだね。だから彼が若くして昇進した時も、誰もが納得して受け入れた。で、そんな仕事人間の花菱さんが結婚したと聞いた時は『嘘だろ？』って、皆驚いたわけ。どんな女性が奥さんになったのか、どういういきさつでそうなったのかって、興味津々というかね」

女性を振ってばかりいるのなら、そう思われても仕方がない。笑麻が入社し立ての頃、初めてランチに誘ってくれた同僚たちも同じ反応だった。

「笑麻さんが入ってきたことを知って、皆気になってたんだよ。彼の妻だからと……、なんて言うのかな、幅を利かせられたら困るというか。でも実際は全然違った。君は立場をわきまえている」

道沢がニコッと笑麻に笑いかける。

「笑麻さんは控えめで真面目に仕事をこなす。君みたいな人が花菱さんの奥さんで良かったと、俺の周りの人は言ってるよ。だから――」

道沢は再び箸を置き、笑麻を真っ直ぐ見つめた。

「困った時はすぐに相談してほしい」

「あ……、はい」

彼の視線にドキリとする。

笑麻が向坂から嫌がらせを受けていることに気づいたのだろうか？

「家で花菱さんに、仕事や社内の人間関係の悩みは相談してるの？」

「いえっ、全然！　彼の手を煩わせたくないので、そういうのは言いません……！」

道沢から響介に伝わるのはまずいと思い、つい全力で否定してしまった。

「そうなんだ」

「そもそも悩んでいないので相談しようがないんです。ご心配おかけしてすみません」

笑顔で返事をすると、道沢は「わかった」とうなずいた。そしてこそっと小声で言う。

「彼、今もモテるかもしれないけど、心配することないよ。笑麻さん以外の人に靡《なび》くことはないって断言できるね」

「あ、ありがとうございます」

その後は仕事の話や、このあたりの美味しい店を教えてもらい、和やかにランチの時間が過ぎていった。

二章「初恋相手に再び恋してしまったら」～響介編～

笑麻が入社して、そろそろ一ヶ月が経つ。

会社に向かう道中、響介は笑麻と結婚が決まってから今日までの日々を思い出していた。

父親のために響介との結婚を選んだ笑麻は、なんの躊躇《ためら》いもなく結婚生活を送っている。ふたりが住むマンションの部屋は、彼女のおかげでいつも清潔だ。響介のために美味しい料理を作り、洗濯をし、アイロンをかけて……と、一通りの家事をこなし続けている。

しかも、自分で使う金は自分で稼ぎたいなどと言い出し、響介の会社で働くことになった。

そんな笑麻のそばにいれば、彼女が金目当てに近づいてきた過去の女性たちとは違うことに気づかざるを得ない。

この一ヶ月半ほどの日常はどれも悪くない、と思う自分がいる。

悪くないというのは「笑麻との結婚生活」であり、笑麻の料理であり、彼女の笑顔であり、彼女と一緒にいる自分であり――。

「おはようございます、花菱さん」

短期間の思い出に浸る響介に、エレベーターホールで声をかけてきたのは部下の篠《しの》崎《ざき》だ。

「ああ、おはよう」

響介と挨拶を交わした篠崎は、会話を続ける。

「花菱さんの奥さん、すごく頑張っていらっしゃいますよね。他の先輩方が褒めてましたよ」

いきなり笑麻の話をされて、心臓がドキッと音を立てる。

「そうなのか？」

彼女の様子から仕事を頑張っていることは知っていたが、他の社員から評価を受けていたのは初耳だ。

「ええ、知らないんすか？　ちゃんと見ていてあげればいいのに。そういえば一緒に出社しないんですね」

「ああ、別々だ」

「誰も気にしてないんですから一緒に来ればいいのに。寧ろ仲がいいところを見せてほしいくらいですよ。皆癒やされてほっこりするのになぁ」

呑気に笑う部下を響介は睨み付けた。

「朝から人をからかうな。仕事に余計な私情を挟むのは好きじゃない」

「まったく……自分にも厳しいんだから、花菱さんは」

「これが普通だろ」

響介の返事に、篠崎は大げさに肩をすくめる。

(笑麻と仲がいいところを見せつけるだと？　俺と笑麻はそういう関係じゃない。俺が笑麻に対して好意を持っていたとしても、笑麻は違うんだから)

そこまで考えて、頭の中にハテナが浮かんだ。

(俺が笑麻に好意？　どういう意味だ？　いや、笑麻はいい奴だ。金というより父親のために俺との結婚を決めたくらいなんだし、家事も仕事も頑張っているし、普通に好意は持つだろう)

そうなのだと、ひとりうなずく。だがしかし――。

(これは特別な感情ではないはずだ。たぶん、そうだ。たぶんってなんだよ。違うとでもいうのか？)

「大丈夫すか？」

「え」

篠崎に声をかけられて目が覚める。その時、ちょうどエレベーターのドアが開いた。

「ものすごい顔して悩んでましたけど、取引先のことですか？」

一緒に降りながら、篠崎が心配そうに響介の顔を覗き込む。

「い、いや違う。そんなにひどい顔してたか？」

「ええ、まぁ……。大丈夫ならいいですけど、何でも言ってくださいよ？　花菱さんはひとりで無理することが多いんですから」

「ああ、すまない。ありがとう」

オフィスのフロアに入った響介は、自分のデスクに向かいながら、チラとそちらのほうを見る。

気になるそこに笑麻がいた。彼女はすでにパソコンの前で作業を始めているようだ。

「あっ」

笑麻が突然、こちらを向いて立ち上がった。とたん、響介の心臓が飛び出しそうになる。

「っ！」

「道沢主任、すみません、あの——」

しかし笑麻は主任の道沢に声をかけていた。

(俺に言ってるのかと思ったじゃないか。ああ、驚いた)

ふうと呼吸を整え、デスクに着く。

やることはたくさんある。あるのだが……、どうにも笑麻に視線がいってしまう。

(彼女の仕事ぶりかどうかというものなのか気になるだけだ。皆が褒めているというのなら、それを確認しなければ)

笑麻が入社してから、あまり彼女の様子を真剣には見ていなかった。いや、敢えて見ないようにしていたと言ってもいい。

社内恋愛は禁止ではないし、同じ部署内で結婚して働き続けている夫婦もいる。

しかし響介の立場上、周りに気を遣わせることになるので、笑麻とは極力関わらないようにしていた。

最近の響介は、社外での仕事や別の部署との行き来が多いため、笑麻と同じフロアにいる時間は少なく、彼女を気にするヒマがなかったというのもあるのだが――。

先ほど篠崎に笑麻を褒められたからか、今日はどうしても目がいってしまう。

胸元まであるふんわりと巻かれた髪は、ネイビーのサマーニットと白いパンツを合わせた服装に華を添えている。地味すぎず、派手ではない、ちょうどいい爽やかさだ。

家ではゆるい感じのワンピースやカジュアルなデニム姿なので、新鮮に感じられる。

響介の初恋の相手である、笑麻――。

再会した時の彼女が美しい大人の女性に成長しており、驚きと戸惑いを感じた響介は平静を装うのに苦労した。

(他の女性と比べるつもりはないが、笑麻はかなり可愛いほうじゃないか?)

遠目でも感じられる、彼女の明るく溌剌《はつらつ》とした雰囲気。色白で大きな目。撫で肩から伸びるしなやかな腕や、細い腰……。

響介の他にも見とれている男性社員がいるかもしれないと、思わずキョロキョロ周りを確認するほどだ。

(しかし、あちこちよく動くな。イヤな顔ひとつせず、雑用もこなしている。表情も明るくていい。なかなかやるじゃないか)

デスクで作業をしていると思ったら、頼まれ事をしてすぐに移動する。笑顔で挨拶を交わし、またデスクに戻る。周囲の社員とも仲良くやっているようだ。

メールや送られてきたファイルを確認しながら、笑麻の様子を窺っていた響介だが、ふと彼女の表情が沈む時があり、手が止まった。

(俺が知っている笑麻の明るさとは違うような。いや、気のせいか? 疲れているのだろうか。昨夜もすぐに眠ってしまったし……）

ベッドの上でうとうとしていた笑麻を思い出す。まつげが長いな、とまぶたを閉じた彼女を見て思った。

「――花菱課長」

（疲れが継続しているなら、まだしばらく誘うのはやめておこう。笑麻は子づくりについて気にしているようだが……。俺はヤル気満々でも、彼女に無理はさせたくない）

「花菱課長？」

（は？　ヤル気満々ってなんだよ。俺は、そんなガツガツした男じゃないはずだろ。そもそも何を期待して――）

「花菱課長！」

「うおっ！」

目の前で呼びかけられ、驚きのあまり変な声を出してしまった。

「なっ、なんだ、どうした？」

「さっきから話しかけてたんですが」

同期の佐野《さの》が不審げな表情でこちらを見ている。

「すまん、気づかなかった」

笑麻に集中しすぎて周りが見えていなかったとは、恥ずかしすぎる失態だ。

「……具合でも悪いのか？」

佐野がこそっと言う。プライベートや周りに社員がいない時は、以前と同じように砕けた口調で話しているのだ。

「いや、悪くない。それよりも、どうしたんだ？」

「部長が会議スペースに来てほしいそうです」

「ああ、わかった。ありがとう」

「忙しいんだったら、俺が断ってきましょうか」

佐野がその場を去ろうとするので、響介は立ち上がって彼の肩を掴む。

「いや違うんだ！　忙しくない、わけじゃないが……なんだその、なんでもない」

「顔が赤いな……。本当は熱があるんじゃないか」

振り向いた佐野が心配そうに言った。

「えっ、赤い？」

慌てて自分の頬を両手で触ると、確かに熱い。これは……赤面していたのか。

「熱があるなら早退したほうがいい。無理は良くないぞ」

「いや、熱はない。本当に大丈夫だ」

「それなら、笑麻さんに課長の体調を伝えておく。せいぜい家で看病されてくださいね～」

やめろとだけ返事をして、響介は部長のところへ急いだ。


新しいプロジェクトのリーダーに選ばれた響介は、今後の展開について部長と話した。都心に建てられたマンションの空き部屋についてだ。行政と取り組むプロジェクトのため神経を使うが、やりがいはある。

賃貸マンションの老朽化により空き家が増え続けている問題が、最近では分譲マンションにまで及んでいた。投資用に高級マンションを購入したはいいものの、賃貸の値段が高く借り手がいない。売りに出しても売れないなど、理由は様々だ。

それらを借り手や買い手がつくように再生させるのが、響介たちが携わっている事業である。

話を終えてデスクに戻る途中、響介はオフィス内にある休憩スペースに寄った。

「ひと息吐くか……」

コーヒーメーカーでアメリカンを淹れて席に着く。

窓の外に広がる曇り空は、今にも雨を落としそうだ。

（今夜の夕飯はなんだろうか。今日は俺も早いから、何か作ってもいいし、たまには買っていってやろうか……）

社内での笑麻の様子を知ると、家事をあれこれ任せていることが申し訳なくなる。

響介はコーヒーの香りを楽しみ、ひとくち飲んだ。

「ねえ、笑麻さん」

「はい、なんでしょう？」

後ろで声が聞こえ、コーヒーを噴き出しそうになる。

女性社員と笑麻がこのスペースに来たらしい。

隠れるつもりはなかったのだが、響介は反射的に背を向け、縮こまってコーヒーのカップに口を付けた。

「さっきね、花菱さんが自分のデスクから、ずっと笑麻さんのことを見てたんですよ」

まさかの響介の話題が出て、さらに身が縮まる。

「そうなんですか？」

「それが、すごい形相で笑麻さんを睨んでたから、仕事で何かあったのかと思って」

「ぶはっ！」

耐えきれずに吹き出してしまった。その音に気づいたふたりが、「あっ！」と声を上げる。

「はっ、花菱さん⁉　いらしたんですね。あの、ええと、これはですね……」

仕方なく、響介はふたりを振り向いた。

女性社員は丸山だった。彼女は響介と同じ部署で、笑麻より年下だ。世話好きの丸山は笑麻に色々と教えているのだろう。

笑麻と一緒にこちらへ近づいてきた丸山が、焦った声で説明をし始めた。

「ちょっと心配してたんです。笑麻さんが花菱さんに注意をされるようなことでもしたのかと――」

「いや、そんなことはしていないから大丈夫だ」

「それなら良かったです。あ、そうだ、笑麻さん。せっかくだから花菱さんとおふたりで休憩したらどうでしょう？　私は別のところに行きますので、また後で～」

丸山はニッコリ笑って挨拶をし、そそくさと行ってしまった。笑麻と響介をふたりにさせるための気遣いだろう。

「お疲れ様です」

残った笑麻がぺこりと頭を下げる。

社内では響介と一定の距離を置き、敬語で話してくれる彼女の配慮がありがたい。

「ああ、お疲れ様」

「というか、本当に何もないんですか？　私が何かまずいことをしていたなら教えてください。すぐに直しますので」

真剣な目で迫ってくる笑麻から、つい視線を外してしまった。

「いや、本当に何でもないから気にしなくていい」

今、笑麻と視線をつなげるのは気まずかった。

（俺が笑麻を気になってしょうがなかったことを知られたくない。丸山さんが誤解してくれて助かった……）

とにかくこの話題を終わらせたくて、響介は関係ない言葉を口にする。

「今夜は早く帰れるから。たまには何か買っていくか？」

「えっ」

と、驚いた顔をした後すぐに、笑麻の表情が柔らかくなった。なぜかそれだけで響介の胸が甘酸っぱく震える。

「ありがとう。作り置きがあるから大丈夫だよ。あっ、でも私……」

「どうした？」

なぜそんな感情が湧き起こったのかわからないまま、響介は戸惑う笑麻に尋ねた。

笑麻は周りを見回す。

「他に誰もいないですよね。ちょっといいですか？」

「ん？」

座っている響介に対し、目の前に立つ笑麻が体をかがめた。

「響ちゃん、耳貸して」

「っ！」

彼女の髪の香りが鼻をくすぐり、息遣いが耳をかすめる。動揺するなと心の中で自分に命令したが、本当に熱が出たのではと思うほど顔が熱くなった。

「今夜は、子づくりのタイミングが合わない日なの。せっかく早く帰ってきてくれるのにできなくて、ごめんなさい」

「え……」

予想外の彼女の言葉に驚き、頬の熱が引いていく。

「よく考えたら、タイミングが合わない日にする……というのは、ちょっと大変だったかな、と」

響介から離れて、えへ、と苦笑いした笑麻を、ぼんやり見上げた。

「なので、また次の機会にお願いします。日にちは伝えますので」

「……ああ、そうだな」

「花菱さん、どうかしましたか？」

社内用の言葉に戻った笑麻は首をかしげて、こちらを見つめた。

「別になんでもない」

なぜ、笑麻の言葉にこんなにも傷ついているのか、自分でもよくわからなかった。

彼女が言ったのは、効率的に子どもをつくるための至極当然な提案であり、響介が打ちひしがれる必要など、どこにもないというのに。

「俺はこれから外に出る。笑麻もひと息吐いたら仕事に戻れ。頑張れよ」

手にしていたコーヒーを飲み干し、響介は立ち上がる。

「はい、頑張ります。花菱さんもお疲れ様です。行ってらっしゃい」

「……行ってきます」

笑顔で手を振る笑麻を背に、響介は複雑な気持ちを抱えながらスペースを後にした。

デスクに戻り、荷物を抱えてオフィスを出る。

外は雨が降り出していた。沈んだ気持ちがさらに重くなる。一分も歩かないうちにたどり着いた地下鉄の階段を、傘を畳みながら降りていく。

昼前の電車内は空いていた。自分と同じ外回りのサラリーマン、楽しげに話す年配の夫婦、ベビーカーの隣に立つ若い母親――。

それらの人々の中で、ひとり悶々としているのは自分だけだろう。そう思えるほどに、響介の頭から笑麻の姿や彼女の言葉が消えてくれなった。

(俺はなるべく社内で笑麻を見ないようにしていた。その理由は明確だ。他の社員に気を遣わせたくない。それだけだ。なのに……)

響介は家の中でも、笑麻を気に掛けないようにしていた。

笑麻に笑顔を向けられたり、褒められたりすると、どこかいたたまれなかった。そわそわして、普段の自分ではいられなくなるからだ。

他人と暮らすのが初めてだから、慣れればまたもとの自分に戻れると思っていた――。

(だが、本当の理由は違ったんだ……!)

座席の端に座っていた響介は、ひと目も憚《はばか》らず頭を抱える。

(今の俺のように、笑麻から目を離せなくなるのがわかっていたから、彼女を見ないようにしていた。家の中でもなるべく素っ気なくしてきた。気を抜くと……思い出すからだ……！）

何を思い出すかといえば、笑麻との初夜である。

最初は笑麻が初恋相手だから意識しているだけ。そんなもの、彼女とずっと一緒にいれば目が覚めるとばかり思っていた。

しかし彼女と過ごしているうちに、笑麻のありとあらゆることが響介の心をざわめかせた。笑麻を好意的に思う自分がいるのはわかっている。

ただ、それだけではなかった。

笑麻を抱いた夜、響介の何かが変わってしまったのだ。

笑麻は彼女が言った通り、処女だった。あんなに可愛いのに直近で恋人がいなかったということは、父親の家業を手伝いながら家のこともして、そんなヒマはなかったのだろう。

響介が押し入る痛みに耐える笑麻の表情が胸に刺さった。響介を好きで結婚を決めたわけではない彼女の健気さに気づいた瞬間、響介は笑麻を「愛おしい」と感じてしまったのだ。

彼女の肌の熱さや、キスのたびに小さく震える声、響介の体にしがみつく必死な手の力。そして笑麻の体温に、響介は夢中になった。

これらの体験すべてに支配されそうになるので、目を逸らし、気づかないように過ごしてきたのである。

それにしてもなぜ、笑麻にだけこのような反応が起こるのだろうか。

過去に付き合った女性は三人ほど。皆、女性のほうから近づいてきた。体の関係を持っても、響介は彼女たちの思惑を感じ取ってしまい、夢中にはなれなかった。

なのに今の響介は、他人に指摘されるぐらいに笑麻を意識し、目で追っている。気づいてしまったら頭から離れない状態でいる。

――笑麻は響介を気にも留めていない様子なのに。

自虐的な思いつきに胸がズキッと痛んだ。

(なんだよこの痛みは。これじゃあまるで、俺が笑麻に恋でもしているみたいじゃないか――)

恋だと？　と、そこでガバッと顔を上げてしまい、対面の座席にいた若い女性ふたりがビクッと肩を震わせた。

響介はすぐに顔を伏せ、スマホを取り出して、さも仕事をしているというふうに振る舞うが、怪しさは隠せていない。

とにかく、気づきたくなかった本質はこれだったのだ。

響介は笑麻に恋をした。彼女に初恋をして以来、二度目の恋である。

だからこそ、笑麻が言った「子づくりのタイミングが合わない日にするのは、ちょっと大変」という言葉に、ひどく傷ついたのだ。

心の中は煩悶《はんもん》が続いていたが、新宿御苑前駅《しんじゅくぎょえんまええき》に到着したので電車を降りる。

(これでは子どもをつくるという目的じゃなく、俺の欲望のままに笑麻を抱いてしまいそうだ。笑麻は排卵日以外のセックスを拒否しているというのに。いや、俺のほうが結婚を決める時に、先に笑麻を拒否したんじゃないか。というかまだ結婚して一ヶ月半だぞ？　それだけの期間で彼女を好きになってしまったのか？　チョロすぎないか、俺？)

笑麻に言われてガッカリしている自分と、欲望に負けそうになる自分と、恋心に気づいてしまった自分とで、頭の中がグチャグチャである。

(とりあえず笑麻を見る俺の目つきは悪いらしい。睨んでいると誤解されないように柔らかい表情を作るように努力しよう)

眉間に親指を当てて押し広げてみる。

不機嫌そうに見えると言われたことはあるが、さすがに睨んでいると思われるのは業務に差し支えるだろう。

「いかん、仕事に集中しなければ」

ビジネスバッグを持ち直した響介は、足早に打ち合わせ先に向かった。


「もうすぐ笑麻の誕生日か……」

笑麻への恋に気づいてしまった数日後の休日。

響介はベランダに置かれたプランターの前でしゃがんでいた。一緒に暮らし始めてから、笑麻はここでバジルやローズマリーなどのハーブを育てている。

バジルの葉を見つめ、響介はため息を吐いた。

彼女とは学年がひとつ違いだが、響介は三月の早生まれ、笑麻は七月生まれなので年齢は同じ期間が長い。

（いや、そんなことはどうでもいいんだ。それより、笑麻の誕生日に何かしたい。プレゼントか、それともどこかへ誘おうか……）

青々とした葉に触れながら、自問自答は続く。

（なんて言えばいい？　誕生日を祝おうとか？　いやいやいや、俺に関わるなとまで言っておいて、いきなり誘ったら変に思われるだろ）

響介はこの数日、これからどう笑麻と接していこうか悩んだ末、素直に彼女と仲良くしようという結論に至ったのである。

そして具体的に仲良くなる策を練ろうとした時、ちょうど笑麻の誕生日が迫っていたことに気づいた。

（そうだ、日頃の感謝を理由に誘えばいいかもしれない。いつも家事をしてくれているんだし。仕事も頑張ってることを周りから聞いたんだ。それを伝えるというていでだな……うん、それで行こう）

笑麻は仕事も家事も手を抜くことなく頑張っていた。特に掃除は出勤する前に完璧に終わっていて、響介の出る幕がないほどだ。

彼女はこの結婚に負い目を感じている。

何かにつけて響介に恩を感じており、響介の役に立ちたいとまで言うのだ。

「あんなに健気な女性も、なかなかいないよな……」

呟いて、きゅんとした自分の胸に手を置く。

「ああ～～、これはヤバい、ヤバいぞ。いちいちときめいてる場合じゃないだろ。キモいんだよ、俺……！」

「響ちゃん？　どうしたの？」

「うおおっ！」

危うくバジルを引きちぎりそうになったが、すんでのところで留まった。

慌てて振り返ると、ベランダの窓を開けた笑麻が不思議そうな顔でこちらを見ている。

「いや別になんでも。お帰り」

「うん、ただいま。響ちゃんがベランダに出るなんて珍しいね」

笑麻はサンダルを履き、ベランダに降りた。彼女は美容室に行っていたので時間がかかるだろうと油断していた。……妄想していた時間が長かったのだろうか。

「ハーブの生態がどういうものか、調べていただけだ」

苦しい言い訳をしながら、バジルの葉を触る。

「これはね――」

隣にしゃがんだ笑麻は、バジルについて説明を始めた。しかしその説明はほとんど耳に入らず、響介は彼女の横顔ばかり見つめている。

(天気が良いせいなのか、笑麻の笑顔がやけに眩しくキラキラして見える。可愛いな、笑麻……)

「――だから、かなり丈夫な葉なの。わかった？」

「えっ、あ？　ああ、わかった」

「本当に？　全然聞いてなかったでしょ～？」

クスクスと笑う笑麻の声が、響介の胸をまたもきゅんとさせる。

「……前髪、切ったんだな」

「わかる？」

「さすがにわかるだろ。後ろはあまり変わってないようだが」

「長いところを二センチカットしただけだから、ほとんど変わらないよね」

笑麻がニコッと笑った。ああ、何回自分をときめかせれば気が済むのだ。

「お父さんのところには寄らなかったのか？」

「まだ来るなって断られてるから」

父ひとり、子ひとりで二十年以上も生活してきたのだから、本当は心配だろう。しかし笑麻の父は、新婚生活が落ち着くまでは来なくていい、せめて三ヶ月は来るなと拒んでいるらしい。

笑麻の父が今住んでいる場所は、響介の父が用意した部屋だ。響介たちの新居からも近かった。

「それならこっちに呼んで、一緒に夕飯でも食べよう。そういうことは遠慮しなくていいから」

「ありがとう。お父さん、とても喜ぶと思う」

「ああ」

お礼を言った笑麻は、響介が触っているバジルに目を落とした。

「私ね、小学校の頃の記憶……、特に転校する前の記憶があんまりないんだ。だから響ちゃんのことだけじゃなくて、他の友達のこともよく思い出せないの。どうしてなのか、わからないんだけど」

自分はなんてバカなんだと、笑麻の言葉で気づいた。

彼女が響介を思い出せなかったのは、どうでもいいと思っていたからではない。

「それくらい、新しい環境に馴染むのが大変だったんだろう」

考えなくてもわかるではないか。

親しんだ家とは違う匂い、周囲に住む人々、転校先での戸惑い……。これらに慣れるために、幼い彼女は必死だったのだ。響介のことを思い出すヒマなどないに決まっている。

「そうなのかな。だからって覚えてないのは失礼だよね。ごめんなさい」

「謝らなくていい。笑麻はいつも前を向いていた。だから過去のことなんて気にしなくていいんだ」

自分に言い聞かせるように力説した。

彼女の境遇に思いも寄せず、忘れられたと勝手に失望していたバカな自分に。

「でも、結婚式の時から響ちゃんのことは少しずつ思い出したよ。昔も今も、響ちゃんは優しいこと」

「そんなことはない」

「あるよ。優しいから、この結婚を断れなかったのも知ってる」

笑麻はバジルの葉をかき分けて、選別している。

「笑麻もお父さんのために断らなかった。優しいじゃないか。それに笑麻は、すごいと思う……！」

「えっ」

思わず声を上げてしまった響介に笑麻が振り向いた。

「何がすごいの？」

「いやその、仕事も家事も頑張りすぎて、無理してるんじゃないか？」

社内で見かけた違和感を笑麻に問いかけてみる。疲れていそうな彼女の表情が頭の隅にあった。

「全然そんなことないよ。会社の人たちは皆いい人ばかりで楽しく働けてる。私のほうが迷惑をかけてるから、それを心配してるくらいなの」

笑麻は首を横に振り、響介の言葉を否定する。

「響ちゃんのおかげで働けてるんだもの。感謝しかないんだ。だからそんな顔しないで」

ね？　と笑いかけてくる。

無理をしているような気がしなくもないが、笑麻を意識しすぎて余計な考えに至っているのかもしれないと、響介は考え直した。

「響ちゃんはお世話好きだけど、心配性でもあるよね。全部顔に出てるよ」

「世話好きだの心配性だの、誰にも言われたことはないんだが」

「他の人には言われないということは、響ちゃん、よっぽど私が頼りなく見えるんだね」

苦笑した笑麻は、バジルの葉を数枚摘み取った。とたんに、バジルの香りがふわりと舞い、響介の鼻をくすぐる。

「別にそういうわけじゃない」

「だって心配してくれてるじゃない」

「笑麻が大丈夫だと言うなら俺の勘違いだ。もう気にしなくていい」

「また顔に出てる」

笑麻はクスクスと笑って、他の鉢のほうへ体を向ける。バジルの隣にあるのはローズマリーというハーブだ。時々、笑麻が肉料理に使っている。

お花が咲きそうと、ハーブを横から眺めている彼女に、思い切って提案の声をかけることにした。

「笑麻は明日、何か用事はあるか？」

「お休みだし何もないよ。どうかしたの？」

顔を上げた笑麻と視線が合うも、響介は咄嗟に目を伏せる。

「いや、たまには外に食べに行かないかと思って」

誕生日を祝いたいと素直に言えればいいのだが、言えない。

笑麻を先に拒絶した響介に、今さら好意を向けられても、笑麻は戸惑うどころか嫌悪すら感じるかもしれないという考えが離れない。

（そんなことは承知の上で誘っているんだ。何を弱気になっている。ああ、そうだ。日頃のお礼として誘ったと言わなくては……）

とは思うものの、黙っている笑麻の反応が怖く、響介は視線を下げたままでいた。

「本当に？　すごく嬉しい！」

突然、パチンと手を叩く音と笑麻の声が届いた。

恐る恐る顔を上げると、満面の笑みを湛えた彼女が両手を合わせている。

「響ちゃんと出かけるの、初めてじゃない？」

「まぁ、そうだな。その……、色々頑張ってるから、そのお礼も兼ねて」

意外な反応を受けて声がうわずってしまう。

（こんなにも喜んでくれるとは思わなかった。ヤバい、嬉しすぎて叫び出しそうだ。抑えろ、抑えろ……）

「お礼なんていいのに。でも、響ちゃんと出かけるのは楽しみ」

「そうか。何が食べたい？」

響介はコホンと咳払いし、ときめく胸の鼓動を感じつつ、冷静な声を出す。

「私は何でも食べられるから、響ちゃんのオススメでお願いします」

「わかった。じゃあ探しておく」

友人らと行くような場所では笑麻は喜ばないかもしれない。この後徹底調査して、すぐに予約を入れなくては。

「あっ、でもひとつだけいい？」

「なんだ？」

「カジュアルなお店にしてもらえると嬉しいかな、なんて」

申し訳なさそうな顔で笑麻が言った。

「高級店はイヤか？」

「イヤとかじゃないの！　そういうお店に誘われる前提って言ってるみたいに聞こえるかもしれないけど、そうじゃなくて、慣れてなくて緊張しちゃうから……！」

あたふたする笑麻に、響介は安心させるようにうなずく。

「ああ、わかってるよ。笑麻はそういう図々しさはないってこと。というかだな、俺も会食で行くくらいで、普段は高い店なんて行かないから安心してくれ」

「ありがとう、響ちゃん。……ねえ、見て」

「ん？」

笑麻はローズマリーの鉢を少しだけ動かし、見えにくかった部分を響介に向けた。

「こっち側にお花が咲いてたの。可愛いよね。蕾もたくさんついてるから、これから綺麗だよ」

「本当だな」

小さな青い花がいくつか咲いていていた。

花などじっくり眺めたことはないが、笑麻に釣られて見つめてみる。

「ちゃんとお世話しているとね、こっちの気持ちに応えてくれるの。頑張って育つんだよって、響ちゃんも声かけてあげて」

「え……ええっ」

そんな恥ずかしいことができるわけない、と抗議する前に、笑麻がグイグイと迫ってくる。

「植物は人間の気持ちがちゃんと伝わるから。美味しくなってねって育てると、大きくなるし美味しくもなるの。ほら、この前サラダに使ったバジル、美味しかったでしょう？　こっちに生えてる青じそも」

「確かに美味かったな。なるほど……」

「じゃあ言ってみて？」

なぜいつもよりしつこいのだ。そこまで園芸に力を入れていたというのか。

「……う」

笑麻の大切な趣味なら否定はしたくないが……、植物に話しかけるのはかなりの抵抗がある。

しかし期待に目を輝かせている笑麻から逃れる術もなく、響介はバジルの葉に向かって口を開いた。

「う、美味くなれよ……」

響介が呟いたとたん、笑麻の頬に赤みがさし、表情がぱあっと明るくなる。

「響ちゃん、その調子！　次は頑張れって言ってみて」

「ええ……、が、頑張れ」

絶対に会社ではこんな姿を見せられないと思いながら、笑麻が喜ぶのならと響介は続けた。

「響ちゃんの気持ち、絶対に伝わったと思う」

「そうか？」

「これから育つ葉も大きくなるし、きっと丈夫に育つはず。ありがとう！」

笑麻は嬉しそうに葉を撫でながら、響介に礼を言った。

先ほどから何度も、響介の胸は締め付けられるように痛んでいる。

笑麻の喜ぶ表情、笑い声、言葉をねだる瞳、植物を可愛がる指先……。それらを見るたびに、感じるたびに、笑麻を好きだという思いに押しつぶされそうだった。

「明日の外食、楽しみにしてるね」

「ああ」

俺も、と言おうとしたがまたも言えずに響介は立ち上がる。笑麻に声をかけ、先に部屋へ戻った。

響介は自室に入り、父が送ってくれた笑麻の写真をスマホで見つめながら、彼女と再会することになった数ヶ月前のことを思い出していた――。

その日、休日だった響介は朝から実家に呼び出されたのだ。

書斎に赴くと、待っていた父が満面の笑みで口にした名前に、響介はドキリとする。

「……石原、笑麻？」

「そう笑麻ちゃん。覚えてるだろ？　引っ越して離れてしまったが」

「まぁ、覚えてるけど」

十年以上、いや、十五年以上前の記憶だ。

近所に住んでいた、ひとつ年下の女の子。

笑麻は名前の通り、いつも明るく笑い、物怖じしない女の子だ。

そんな彼女に、響介はいつも助けられていた。

早生まれの響介は、運動も遊びも勉強も、同級生たちについていくのが精一杯だった。

さらに体が小さく病気がちの響介は、電車で通う私立小学校には行けず、地元の公立小学校に入学する。そこで出会ったクラスメイトが最悪だった。

体格の大きないじめっ子。入学してしばらくは目を付けられなかったのだが、冬休み後に席が近くなってから、彼は突然態度を変えてきた。

すぐに泣いてしまう響介をしつこくからかってくる。仲間はずれにされたり悪口を言われるだけではなく、上履きや体操着を隠されたりもした。

響介を庇ってくれる友人もいたが、その友人らがターゲットになることもあり、響介は耐えた。両親にも担任にも言えなかった。

そんな中、いじめっ子に果敢に向かっていったのが笑麻だ。

響介が二年生になると、笑麻が新一年生として入学してきた。そして学校帰りや廊下で会った時など、響介を見かけた際に必ず声をかけてくる。そして「二年生なのに意地悪は恥ずかしい」といじめっ子に突っかかり、自分の友人たちを引き連れて響介の担任に訴えた。響介の両親にも笑麻が伝えたのだ。

最終的にいじめっ子の母と仲良くなった笑麻は（未だにどうやったのかは不明）、その母を通じていじめっ子を改心させる。間もなく彼は親の転勤で引っ越し、いなくなったのだが。

響介は勇敢な笑麻を見て、自分も強くなりたいと心から思った。

そして今度は、笑麻に何かあったら必ず彼女を守ろうと決めたのだ。

まず、病気がちな体を改善させるために情報を集めた。父母に相談し、本を買い集め、学校や地域の図書館に入り浸った。

食べ物の好き嫌いをなくし、食べられる量を少しずつ増やした。体だけではなく、心も鍛えるために空手道場に通い始める。

自分を変えようと真面目に取り組む響介を見て、笑麻はいつも「響ちゃん、頑張っててカッコいいね」と、とびきりの笑顔を向けてくれた。その笑顔が見たくて、響介は勉強も頑張った。笑麻の宿題を手伝い、笑麻と外で遊ぶ際は頼りにされるようにお兄さんぶった。

そして笑麻が自分にとって特別な女の子だと気づいた時、彼女は突然いなくなってしまったのだ。笑麻の父が新たに工場を作ったため、近くに引っ越したという。

その後は、父がたまに笑麻の父について話をするだけで、彼女から響介にはなんの音沙汰もなかった。

別れの言葉すら、かけてもらえなかった響介は落ち込んだ。笑麻にとって自分は、気にされることもない存在だと思い知ったのだ。

時は過ぎ、笑麻に対する恋心は次第に薄れていき、幼い初恋は思い出の片隅に追いやられていたのだが……。

「――笑麻が何か？」

平静を装って尋ねると、椅子に座っていた父はこちらをビシッと指さした。

「響介。お前、笑麻ちゃんと結婚しろ」

「は……、はあああ？？？？」

「うん、それがいい」

「何を急にとんでもないことを言ってるんだよ。十年以上も、いや、十五年以上も会ってないのに、いきなり結婚？　意味がわからない」

ひとりうなずく父の前に、響介は一歩踏み出した。

「笑麻ちゃんのお父さん、道雄《みちお》さんのことを覚えているか？」

「え？　ああ、もちろん覚えてるよ。明るくて優しくて、ずいぶん良くしてもらったから」

「そうだよな……」

父は天井を仰いで続ける。

「道雄は俺の大学時代からの友人だ。父さんは彼に恩がある。彼がいなかったら今の俺はない。大学も出ないで失踪……どころか、死んでいただろう」

『え……』

父の告白を受けた響介は、思わず声を漏らした。初めて聞く話に動揺が走る。

「道雄には感謝してもしきれない。そんな彼が今、窮地に立たされている。金銭的なことはいくらでも援助しようと思っているんだが、彼の一番の心配事については、父さんにはどうにもできない」

「一番の心配事って、……笑麻のこと？」

響介の問いに、父が深くうなずく。

「そうだ。笑麻ちゃんはずっと道雄の工場で働いていて、自分のことよりもお父さんを優先していたようだ。父娘……ふたりで暮らしていたのは知っているだろう？」

「ああ」

「彼女も小さい頃から苦労していたんだよなぁ。そんな笑麻ちゃんを『一緒に不幸にするわけにはいかない、どうすれば……』と嘆いていたから、響介との結婚を俺が勧めたんだ。お前と結婚すれば道雄も安心だろうと思ってな。いい提案だろう？」

「本人の気持ちをひとつも聞かないで、いいも何もないだろ――」

「響介えぇっ！」

突如叫んだ父は、バーンと机を叩きながら立ち上がった。

「なっ、なんだよ、どうした？」

思わず一歩後ずさり、こちらを睨み付けている父に尋ねる。

「お前、いい歳して恋人のひとりもいないってのは、どういうことだ、ええっ!?　私の納得できる言い訳をしてみろ！」

「えっ」

「お前ならいくらでも選びたい放題だろうが！　私はお前が選んだ相手なら、どんな女性でもいいから早く連れてこいと、前々から言っているじゃないかっ！」

混乱する響介に父がたたみかける。

「いいから早く孫の顔を見せんかいっ！」

「それが本音なんだ？」

「本音だよぉっ！」

悲痛にも似た声を上げ、父はドスンと椅子に腰を下ろした。そして机上にあったスマホをタップし、こちらへ見せる。そこにはひとりの若い女性が写っていた。

「道雄が撮った最近の笑麻ちゃんだ」

とたんに響介の心臓がぎゅっと痛くなる。

（別に今はどうとも思っていないはずなのに、俺らしくもなく動揺してしまった）

コホンと咳払いをした響介は、父からスマホを受け取ってその画像に目を落とす。

「どうだ、可愛いだろう？」

得意げに父が言った。

昔の面影が微かに残っている彼女の今の姿――。それは響介が想像以上に美しいものだった。

「うん、まぁ、可愛い」

気のない素振りを見せつつも、響介は写真を凝視する。

「小さい頃も可愛くて、とてもいい子だった。幼い頃のお前のために色々世話を焼いてくれて……。お前の親としても、俺は笑麻ちゃんに感謝している。そんな彼女は今も父親のために頑張っていた。昔と変わらない、いい娘さんだとは思わないか？」

「……そうだな」

しみじみ思い出している父と同様、響介の胸にも昔の思いが押し寄せていた。

「俺はな、響介。孫が欲しいのはもちろんだが、お前にも幸せになってほしいんだよ。そして俺の親友にも、その娘の笑麻ちゃんにも。俺がこの結婚を勧めるのは、俺が大切な人たちに幸せになってほしいからなんだ」

父の顔に視線を戻すと、彼は真剣なまなざしで響介を見つめていた。

「笑麻ちゃんは、お前と同じく長いこと恋人はいないそうだ。道雄の仕事の手伝いでそんなヒマもなかったんだろうが……。とにかく、あんなに可愛いんだから、うかうかしていると誰かに取られてしまうぞ？　彼女に一度、会ってみないか？　な？　響介」

父の勢いに気圧される。

（いつも穏やかで仕事中も冷静な父が、こんなにも興奮した姿を見せるのはいつぶりだろう。応援している球団が優勝した時以来か？）

それほど父にとって大切なことなのだろう。

「わかったよ。笑麻と会う」

響介はスマホを父に渡し、返答した。

「そうか！　そうか、そうか！　まぁ、なんだ、こっちがその気でもフラれるかもしれんが、とにかく会ってみて笑麻ちゃんにアタックしろ。な？」

ぱあぁっと満面の笑みに変わった父は、良かった良かったと言いながらスマホを再びタップした。笑麻の父に連絡を取るという。

響介は父の部屋を出て、静かにドアを閉めた。

「父さんが望むなら、結婚するしかないな」

嘆息し、廊下を歩き出す。

響介は結婚したくないわけではなかった。寧ろ、父の会社を継ぐ者としていつかは必ずと思っていたくらいだ。しかし相手がいなかった。

付き合った女性は数人いるのだが、そのいずれも響介の後ろにある「花菱コーポレーションの御曹司」が目当てだとわかった時から、女性全般に対しておかしな期待をさせないよう、距離を置く接し方をしてきた。結果、仕事に邁進していたのもあるが、恋人すら作らずに何年も過ぎてしまったのだ。

「確かにこのままでは結婚相手が見つかるわけがないか……」

響介は父を尊敬している。

一代で会社を大企業までのし上げた父。響介が幼い頃の彼の忙しさは尋常ではなかったはずだ。しかし響介の記憶には、父がいつも朗らかに笑っている姿しかない。休日は必ず家にいて、よく遊んでくれた。母とともに家事もしていた。年に数回、家族旅行に連れて行ってくれた――。

響介は成長するにつれて、それが当たり前ではないことを知る。

友人の父も経営者は多かったが、響介の父ほど家族と関わっていなかった。経営自体の忙しさや、人脈作りのための付き合いが多く、家にいられないという。

ではどのようにして家族との時間を作り出していたのだろう。長い間、疑問に思っていた響介だが、父の会社に入り、彼の仕事ぶりを見て理解した。

とにかく父は徹底して時間内に仕事を終わらせている。もちろん社員たちにも、それを求めた。

無駄なことを省く努力をし、効率的に仕事を進める。円滑なコミュニケーションを取るために、社内の雰囲気やデスクの配置にまでこだわった。そして絶対に無理はしないことを社員たちに徹底させる。

それらはすべて「自分の時間」を大切にしてほしいから、という父の理念のもとに行われていた。

父は何よりも、家族との時間を大切に思ってくれていたのだ。

そんな父の思いを知った響介は感動した。

ひとりっ子の響介を甘やかすことなく、だがいつも寄り添ってくれた父に感謝し、自分も彼の手足となって働くことを決めたのだ。

その父が、ただならぬ恩を感じている相手が笑麻の父だと言う。

大学時代に父が亡くなっていれば、響介は今、この世にいない。

（俺は笑麻に、父は笑麻のお父さんに。……親子揃って恩があるんじゃ、仕方がな

い）

尊敬する父があそこまで言っているのだ。笑麻と結婚するのがベストな選択だろう。

（同じ金目当てで近づいてくる女なら、初恋の相手のほうがマシかもしれない。とはいえ、笑麻が俺を拒否する可能性はあるが……）

そう思いながら、笑麻と結婚することを決めたのだが――。

「マシどころか、初恋相手にまた恋をしているんだぞ、お前は……」

と、その時の自分に言ってやりたい。

響介は笑麻の写真を閉じ、明日のデートで食事をする場所を探し始めた。

三章「ずっとこのまま一緒に過ごしたい」

「響ちゃんが誘ってくれたお店、こういう服装で大丈夫よね？」

笑麻はウォークインクローゼットの全身鏡の前で自分に問いかける。

響介の突然の誘いに驚くも、笑麻は喜んでそれを受けた。

彼とプライベートで出かけることなど一生ないと思っていたのだ。この機会に響介のことを色々と知り、今後の結婚生活に役立てようと意気込んでいる。

透け感のあるブラウスにロングスカートを合わせ、蒸し暑い中でも涼しげな印象の服装にした。

（響ちゃんと再会した銀座のお店とか、響ちゃんが決めた結婚披露宴の食事のチョイスを考えると、彼の舌が肥えているのは絶対だ。そういう高級店に着ていく洋服がないだなんて恥ずかしくて言えなかった。銀座に着ていったワンピースはとっくに季節外れだし……）

入社前にオフィス用の服を購入したので、今月自分用に使えるお金はギリギリだったのだ。

響介は十分生活費を入れてくれているので笑麻が使える分もあるのだが、それは申し訳ない。余剰分は貯めていき、後で響介が好きに使えるようにしておく。

彼が一生懸命働いて稼いだお金なのだ。笑麻が好き勝手に使うなど有り得ない。だから働き始めたのである。

「お待たせ、響ちゃん」

「ああ」

「この格好じゃおかしいかな？　着替えたほうがいい？」

実はまさかの高級店だったら困るので確認をする。

とはいえ、彼の妻として相応《ふさわ》しい服装も持つべきだろうか。それならばやはりお金を使わせてもらって、それなりの服を買っておいたほうがよかったのかも——。

頭の中でアレコレと心配しながら尋ねると、彼は急に目を逸らした。

「いや、大丈夫だ。行こうか」

「うん」

笑麻はホッとして、歩き出した彼の背についていく。

「……似合ってる」

「え？」

「車を出すから乗ろう。車酔いは平気か？」

「あ、うん、大丈夫だよ。ありがとう」

響介がぼそりと何かを言ったので聞き返そうとしたのだが、スルーされてしまった。

（今、似合ってるって言ったような……、聞き間違い？　そういえば前にもこんなことがあったよね？　エプロン姿を褒めた時だったかな？）

その時は「急に褒めるな」と怒っていたので、それ以上突っ込みはしなかったのだ。

（今日は一日一緒で時間はたっぷりある。彼も家の中とは気分一新、本音を話してくれるかもしれないから、焦らずに過ごそう）

響介にはせめて結婚生活を快適に送ってほしい。笑麻が彼のためにできることは、それくらいなのだから。

よし、と笑麻は拳を握って気合いを入れ直した。


響介の運転する車に乗り、都心のビル内にあるイタリアンレストランに到着した。

ランチには早めの時間だが、すでに数人並んでいる。人気店なのに響介が前日に予約を入れられたのは、タイミングよくキャンセルが出たからだ。

案内された先に座り、店内を見回す。白いテーブルクロスが映えるダイニング、ミルク色の壁。カウンターバーの上にはたくさんのワイングラスがぶら下がり、小さな照明が反射して輝いている。店内はほどよくざわめき、リラックスできる空間だ。ネットや雑誌で見るような海外のビストロを彷彿《ほうふつ》とさせる、どこか懐かしい雰囲気のレストランである。

「素敵なお店ね」

感嘆のため息を吐くと、響介も嬉しそうにうなずく。

「ああ、俺も初めて来たんだが、いい感じだ」

再会した当初、響介はあまり表情を変えない印象があったが、一緒にいればそんなことはなかった。特にここ最近の彼は、驚いたり焦った表情を頻繁に見せてくれる。笑麻に対する警戒を少しは解いてくれたのかもしれない。

響介が予約してくれたのはランチコースだ。

ステムレスの丸いグラスにノンアルコールの白ワインが注がれた。運転する響介に合わせたのだが、これが意外にも当たりだった。

「んっ、美味しい～！」

独特の甘い香りが鼻を抜け、芳醇《ほうじゅん》な味わいが喉を潤していく。

「ノンアルでも十分美味いな。笑麻は酒に強いのか？」

正面に座る響介の視線がこちらに向いた。真っ直ぐに見つめられて、なぜか笑麻の心臓が騒ぐ。

「普通かな？　そんなに飲まないから、よくわからないの。本当は色々……日本酒とかにも挑戦してみたいんだけど、詳しくなくて」

今の気持ちはなんだろうと思いながら、もうひとくち飲んだ。

「じゃあ今度、日本酒に合う和食の店に行こうか。そこ、おでんが美味いんだ」

「うん、行ってみたい。おでんいいね」

桃とマスカルポーネ、生ハムのアンティパストをつまみながら、笑麻は考える。今度は自分ではなく響介のことだ。

昨日から彼の様子がおかしいのである。

急に笑麻を褒めたり、食事に誘ったり、笑顔で話しかけてきたり。かと思えば赤くなって俯いたり。そして次に出かける約束まで交わすとは……。

しかしこれは響介の心境の変化などではなく、誰かの——笑麻の父による助言なのだろう。

笑麻の父に恩があるという響介の父。その父に従って彼は結婚を決めたくらいなのだ。響介自身も、笑麻の父に対して気を遣っているに違いない。

だからこその「今日」なのでは、と思った。

「響ちゃん。そんなに私に気を遣わなくていいんだよ」

「なんの話だ？」

ナーズを口に入れた響介が、首を捻る。

「今日誘ってくれたのは、私が誕生日だったからでしょう？」

「っ、ま、まぁ、そうだが」

指摘を受けた響介の顔色が焦りに変わる。

「もしかして、私のお父さんに余計なこと言われたんじゃない？　例えば『笑麻の誕生日は何か予定でもある？』とか、そんな感じで。お父さんとメッセージアプリでお話してるよね？」

父には、笑麻の初恋が響介だという嘘を吐いた。そして父は、笑麻が響介を好きだから結婚を決めたのだと信じて疑わない。

響介の両親たちも、笑麻と響介の関係が良好だと思っている。結婚式でのふたりの様子を見て仲が良いと感じたらしい。

「笑麻のお父さんに？　言われてないぞ、そんなこと」

焦りの表情を消した響介は、はっきりと否定した。

今朝送られてきた、「笑麻、お誕生日おめでとう！　響介くんから誘われているだろうからお父さんは遠慮しておく！　今度お祝いするから待っててな！」という父のメッセージから、てっきりそうだと思ったのだが……。

「……本当に？」

「ああ。メッセージのやりとりなんて、新婚初日の翌日あたりに来たきりだが。その時も、笑麻をよろしくお願いします、くらいだったよ」

アンティパストを食べ終えたところに、トマトとアボカドを使ったクリームパスタが運ばれた。まったりと濃厚なパスタを堪能しつつ、笑麻は頭に浮かんだままに響介に問いかける。

「じゃあ今日は、ただ響ちゃんが誘ってくれたって……こと？」

「まぁ、そういうことになるな、うん」

早口で答えた響介もパスタを頬張る。もぐもぐと食べ、美味いという言葉を連発した。

「本当にすごく美味しいね。それで響ちゃんは……」

「ん？」

「う、ううん、なんでもない」

笑麻は言いかけた言葉を呑み込み、パスタをフォークに絡めた。

言い淀んでしまったのは、響介の言葉を素直に受け入れられなかったからだ。それには理由がふたつある。

ひとつめは、響介が笑麻を好きではないこと。お金目当てで結婚までしたのだから、彼が最上級に苦手な女性が笑麻だとはわかっている。それがこの先ずっと変化しないだろうことも。

そしてふたつめは、向坂のことだ。響介は非常にモテる男だが取り付く島はないため、社内の女性たちから一歩引いて見られていた。だが向坂は引かずに、響介に対して本気の好意を向けている。彼女は笑麻に声をかけてきた日から今まで、何度となく突っかかってきた。

そんな中、ふと笑麻は気づいた。なぜ向坂がここまで執拗《しつよう》なのかについて。

(本当は響ちゃんも、向坂さんのことを好きだったのかもしれない……。そう思ってから社内で注意深く彼を見ていたら、向坂さんと話す時だけ熱心に彼女の話を聞いている感じがしたのよね)

先日、響介が向坂とふたりで話しているところを、偶然見てしまったのだ。

(ふたりは恋人同士だったのに、響ちゃんの結婚話が出た。でも向坂さんを好きだから、私と仲良くしないために『お金目当ての女性は苦手だ』と突き放した。……とか？）

向坂はお金目当てではない女性だったのかもしれない。それなら辻褄は合う。

今までの笑麻であれば、この考えに至った時点で身を引いていたであろう。そして解決策をひねり出し、奔走していたはずだ。

だができなかった。なぜか、自分の心がそれをイヤがっているからだ。

（響ちゃんと離婚したら花菱コーポレーションで働けなくなるから？　響ちゃんが幸せになるならいいじゃない。別に仕事を探せばいいし、お父さんにはそういう事情だって話せば、きっとわかってくれる。って、あれ……？）

だったら、そもそも響介と結婚しなくても、やっていけたのでは？　などという考えも表れて、頭の中が混乱してきた。

（私、響ちゃんとならお金のために結婚してもいいと思った。じゃあ他の人だったら拒否したの？　向坂さんと響ちゃんが恋人だったとして、ふたりが元に戻るのはイヤって、どういうこと？　なんだか、わけがわからなくなってきた……）

「どうした、難しい顔して。それ苦手だった？」

「えっ、ううん、このお肉、すごく柔らかくて美味しいよ」

「それならいいが、無理はしなくていいからな」

「美味しすぎて集中してたの」

「ものすごい顔して集中するんだな」

クスッと響介が笑った。

この感じは、以前社内で響介が笑った時と似ている。笑麻の心が温かくなって、体がゆるくほどけるような、懐かしさと嬉しさが混じるような、不思議な気持ちだ。

幼い頃の郷愁だろうか。いや、それとも違う気がする。

笑麻はとろける厚切り牛タンの煮込みを味わいながら、またも考え込んでしまった。

(今日は向坂さんのことや、響ちゃんが普段思っていることも、色々聞こうと思っていたのに……。自分の気持ちがわからなくて、なんだか上手く聞けない)

笑麻の思いなど露知らず、響介はノンアルワインのお代わりを注文していた。


「この後買い物に付き合ってほしいんだが、いいか?」

ランチを終えて車に乗り込んだ響介が言った。

「もちろんよ。何を買うの?」

「洋服とバッグと靴」

「たくさん買うんだね。メンズのものは普段見ないから、楽しそう」

「……」

響介はそこで黙り込み、運転を続けた。

着いたのは表参道《おもてさんどう》だ。駐車場に車を停めて、ぶらぶら歩き出す。

梅雨が終わりに近づいたのか、日差しは強くなっている。夏はもう、すぐそこだ。

ケヤキ並木通り沿いにはハイブランドの店が並んでいた。普段から近づくことのない店ばかりで、笑麻はついキョロキョロしてしまう。

(響ちゃんはこういうお店でお買い物をしているのね。いつも素敵な服装だなと思ってたけど、当然か……)

ふむふむとショーウィンドーを眺めながら響介の隣を歩いていく。

しばらく進んだところで彼が立ち止まった。こちらも有名なハイブランドの店である。

店内に入ったとたん、外のざわめきは遮断され、落ち着いた空間が現われた。美しく飾られた洋服に目が奪われる。離れた場所から店員が静かな声で「いらっしゃいませ」と挨拶した。

「どれがいい?」

響介が笑麻に問いかける。

どれと言われても、この空間に彼が着られるものはなさそうだ。

「ここはウィメンズものだね。響ちゃんが着るメンズのお洋服は――」

「笑麻のものを買いに来たんだよ。ここから好きなのを選んで」

笑麻の言葉を響介が遮る。一瞬、ポカンとしてしまったが、意味を理解したとたんに衝撃が走った。

「え……ええっ、冗談でしょ？」

「冗談で店に入るわけないだろ」

彼は呆れ顔で返事をした。

「む、むむ、無理、無理無理無理。ハイブランドのお店に入ったことすらないんだから、選べるわけないよ」

「じゃあ俺が選ぶ。いいな？」

有無を言わせない口調を差し出され、笑麻はハッとする。

「あ……、うん、わかった」

やはり響介と一緒に出かけるには、それなりの服装じゃなければいけないのだろう。

それなら仕方がない。

笑麻の承諾を得た響介は、なぜか嬉しそうに服を選び始める。

サマーニットにスカート、ワンピース、ブラウスの試着をすることになった。どれもブランドのロゴマークが大げさに入ってはおらず、シンプルで形が美しいものだ。

試着室に入った笑麻は、チラリと値段を見て跳びはねそうになる。

(と、とと、とんでもないお値段なんですが……！　でも値段がついてるだけ良心的なのかも？　よくわからないけど、そういうことにしておこう)

彼に同行するパーティーや、ちょっとしたお招きで必要になるのだ。怯んでいる場合ではない。

(でも響ちゃんの年齢で考えると、いくら御曹司だからって、とてつもない年収をもらってるわけじゃないよね？　うちのお父さんの話だと、響ちゃんのお父さんは息子に厳しいらしいし……)

響介に生活費をもらっている笑麻だが、彼の給料がどれくらいかは知らないのだ。

あれこれ詮索する立場にはないので敢えて聞かないでいる。

恐ろしいくらいに良い肌触りのワンピースに袖を通しながら、ふと気づいてはいけないことに気づいてしまった。

「……まさか、靴とバッグの買い物も、響ちゃんじゃなくて……私の？」

ひえ……と声にならない声を上げる。しかしこれらは笑麻のためではなく、「響介の妻」に買い与えているのだから、いちいちたじろいでも意味はない。

「どうかな？」

ワンピースを着た笑麻は、待っていた響介に見せる。

彼は笑麻の全身をじっと見つめた後、何度もうなずいた。

「うん、いいんじゃないか。着心地は？」

「素晴らしすぎて表現できません……」

「なんで急に敬語なんだよ。他も着てみて良かったら、それで決まりな？」

響介はクスッと笑い、他の服も着てみせるように言った。

その後も笑麻が着替えるたびに、彼がとても楽しそうにしていたのが印象的だった。

「アクセサリーまで、本当にありがとう」

帰りの車の中で、笑麻は運転中の響介に礼を言った。

笑麻の予想通り、店を出た後は靴やバッグを買いに行く。しかしそれで終わりではなく、ジュエリーショップにも連れて行かれたのである。

そこは結婚指輪を購入したブランドと同じ系列の店だった。結婚指輪は響介が決め、笑麻はサイズを伝えていただけだ。そして彼に用意されたものを何も考えずに身につけていたのである。

（スタッフの人に結婚指輪を指摘されて同じ系列だと知ったけど、他のジュエリーを見たら、すごいお値段だった……。靴もバッグもアクセサリーも、普段用とは別にパーティー用まで揃えてもらった。彼のお仕事の一環としてそういう場所にも行くのだろうから当然かもだけど、お金を使わせて申し訳ないな）

結婚式の費用もほとんど花菱家が持ってくれた。今の生活も……と考え出すと切りがないのだが。

笑麻には、彼の良き妻でいることでしか恩が返せないのだ。

「いいものがあって良かったな」

「必要経費とはいえ、なんだか申し訳なくて」

響介の返事を聞いた笑麻は、ぺこりと頭を下げた。

「必要経費？」

「響ちゃんの妻でいるための必要経費。安っぽい格好は相応しくないから、たくさん買ってくれたんだよね。それはわかってるんだけど……」

彼の横顔を見つめると、はぁ～～と、大きくため息を吐かれる。

「お前さ、どうしたらそういう考えになるんだよ。いや……俺の自業自得か」

「自業自得？」

「今日の食事も、さっきの買い物も、誰かに言われたからとか、必要経費だとかは関係ない。俺がしたかっただけだ」

「じゃあお買い物も、私をお祝いしてくれただけなの……？」

「ああ、そうだ」

赤信号でブレーキをかけた響介が、こちらを向いた。

「だからその……、誕生日おめでとう」

言い終えたとたん、照れくさそうに顔を赤くして目を逸らす。同時に笑麻の胸がきゅんっと痛くなった。

「最初からはっきり『笑麻の誕生祝いだ』と言えば良かったんだよな。すまない」

「……響ちゃん！」

「お、おう？　急に大声出すなよ」

笑麻の勢いに響介が戸惑う。

「私こそ変な勘ぐりをしちゃってごめんなさい。せっかく美味しい食事に誘ってくれて、こんなに素敵な贈り物もしてくれたのに、私ったら何もわかってなくて……。本当にごめんなさい」

まだ赤信号だったので彼の腕を掴み、心から謝罪をする。

彼の心遣いを受けて胸がいっぱいになった笑麻は、謝らずにはいられなかったのだ。

「いや、なんで笑麻が謝るんだよ。誤解させた俺が悪いんだろ」

響介は笑麻の手を掴み、そっと自分の腕から放した。青信号に変わる直前だ。

「笑麻は高級店で食事は緊張するって言ってたよな。立ち居振る舞いだけじゃなく、服装にも気を遣うことになる場所だ。女性は特に気になると思う」

響介はハンドルを握り直し、青信号に変わったのを確認して車を発進させた。

「こんな言い方をするのは笑麻に失礼だが、金銭的に困っていたなら、そういう場所に躊躇するのは当然だ。俺も会食に行く時はそれなりの格好をする。だから笑麻も、高級店に俺が誘った時は、今日買ったものを気兼ねなく使ってほしい。遠慮せずに普段から使ってくれれば、もっといいと思うが」

淡々と説明されたが、その内容は笑麻の心を打つものだった。

着ていく服がないと躊躇ったのは事実だ。しかしそれを直接伝えていないにもかかわらず、響介は理解してくれていた。

「ありがとう、響ちゃん。でも本当にお金は大丈夫？　すごく高い買い物だったでしょう?」

　笑麻の問いかけに、響介はふんと鼻を鳴らす。

「俺は貯め込んでるからな。住居費はかからないし、趣味は仕事だし、人付き合いもそれほどしない。ゴルフも会合も必要経費の範囲内だ。俺の普段の服は、ああいう店では買わないし」

「響ちゃんが着てるのはハイブランドの服かと思ってた。だから今日も、そういうお店に行くんだって」

「ファストファッションの店で買うこともあるよ。他人が何を着ているのかなんて、よく見てもわからないだろ。今、笑麻が俺の服をハイブランドだと言ったみたいに」

「ほんとにそうだね」

　苦笑した響介に釣られて笑麻も笑った。

「無理に買うことはしない。だから心配しなくていい」

「わかった。響ちゃんにいただいたもの、全部一生大事にするね」

「一生は無理だろ」

「ううん、一生大切に使うよ。おばあちゃんになっても無理矢理ワンピース着ちゃうんだ」

「くっ、……ははっ、あははっ！」

響介が声を上げて笑った。初めて見る彼の笑い方に衝撃を受ける。

「きょ、響ちゃん？」

「いや想像したら、なんか笑った。おばあちゃんになった笑麻が……、はは……っ」

「もう、笑いすぎでしょ」

と返しつつも、響介が楽しそうに笑う姿は嬉しかった。

今日出かける前までは、気になっていたことを彼に問おうと思っていた。でも隣で笑う響介を見ていると、どうでもよくなってくる。

美味しそうに料理を頬張る彼も、真面目な顔をして試着をした笑麻を見つめる彼も、運転中に何度も酔わないかと問うてくる彼も……、全部笑麻の知らない響介だった。

今日はそんな彼を発見できたことで、笑麻の心は満たされてしまったのだ。

「今度は私にごちそうさせてね。次のお給料、もうすぐ入るから」

「別にいいよ」

「ダメ。ちゃんとお返しさせて。ね？」

響介の横顔に念を押すと、彼は一度小さくうなずいて返事をした。

「じゃあ、遠慮なく」

ちょうど逆光になってしまい、響介の表情はよくわからない。でもその声色は笑麻を拒否するものではなかった。

ふたりで出かけた翌日。会社へ向かう笑麻の足取りは、いつもより軽い。

表参道でショッピングを終えた後は家に帰り、ゆっくりしてからふたりで食事の支度をした。一緒に作るのは初めての経験だ。

ビールで乾杯をし、青じそとミョウガを乗せた鮪《まぐろ》のカルパッチョ、トマトとコンビーフのオムレツ、焼きナスのそうめんなど……。

（夏らしくて美味しかったなぁ。ランチのイタリアンも最高だったし。お腹が満たされたこともあるけど、すごく嬉しかったのが、響ちゃんと少しだけ近づけたこと）

もちろん素晴らしいプレゼントも嬉しかった。

しかし何よりも、笑麻の誕生日を祝う響介の気持ちが、心から嬉しかったのだ。

どこへ出かけてもいいように服や靴を買ってくれた気遣いもありがたかった。さらに、一緒に食事を作ったのは彼と少し仲良くなれた証拠だろうと思うと、足取りが軽くもなる。

（響ちゃんと結婚した私は幸せ者だな、なんて……。ん？　ちょっと待って？）

それは今さらすぎないだろうか？

笑麻を不自由なく生活させてくれて、笑麻の父に安心を与えられるだけで十分幸せだ。それ以上を望むことも要求することも、ないはずだった。

なのにどうしてこんなにも、響介のそばにいる幸せを感じられるのか。

自分の感情を持て余しながら、会社のビルに入ろうとした時。

「ノロノロ歩かないでよ、邪魔でしょ」

すぐ後ろから低い声が届き、驚いて振り向くとそこには向坂がいる。

「あっ！　おはようございます、向坂さん」

「……おはよう」

自分から声をかけてきたのに、向坂はイヤそうな顔で笑麻に返事をした。

そこで思いつく。周りに人がいれば笑麻を邪険にはできないはずだ。

「向坂さんって営業は何年目なんですか？」

「は、はぁ？　あなたに関係な……、七年目よ」

チラと周囲を気にした彼女は声を落とした。やはり笑麻の予想通りである。

「夫より前に入社されていて、彼の先輩ということで間違いありませんよね？」

「だから何よ？」

ムッとした彼女の腕を掴んだ笑麻は、別の場所を指さす。

「あの、ちょっといいですか。あちらへ」

「何なの？　変なことするんだったら――」

「あなたとケンカするつもりはありませんので安心してください。人に聞かれたくない、大切なお話なんです」

腕から手を放した笑麻は、向坂の背中をそっと押した。そして入り口から離れた場所に彼女を連れて行く。

笑麻は戸惑う向坂の正面に立った。

「あなたが私にいちいち突っかかってくるのは、夫のことが好きだからですよね？　おそらく、私と結婚するずっと前から」

「……」

ストレートな質問を投げかけられた彼女は、口を引き結んで笑麻を睨む。

「夫には絶対に言いませんので教えてください。もしかして、夫とお付き合いされていましたか？　私と結婚が決まって、夫と別れることになったのでは？」

向坂の執拗さから疑問に思っていたことを尋ねると、彼女の目がパッと輝いた。

「どっ、どうしてそんなふうに思うのよ？　私と花菱さんが付き合っていただなんて嬉しそうに顔を赤らめ、そわそわし始める。

「……！」

「やはり、そうでしたか……」

笑麻の推理が当たってしまった。

響介は彼の父に従って笑麻との結婚を決め、恋人の向坂と別れることになった……。

あんなにも素敵な男性に、恋人のひとりやふたり、いなかったほうがおかしいのだ。

笑麻は完全にふたりのお邪魔虫だったのである。

響介とこのまま良好な関係を続けたくて、向坂を見たら真実を確かめたくなってしまった。こんなにも気持ちが沈むのは、彼女が否定するのを期待していたからだ。

（でも響ちゃんには言わないと言った手前、彼本人に確かめることはできない）

笑麻は深呼吸してから、お辞儀をした。

「お引き留めしてすみませんでした。お仕事頑張ってください。私も頑張ります」

「結局あなたは何が言いたかったのよ？」

イラッとした声が頭上から降ってきて、笑麻は顔を上げる。

「あなたと夫の関係を確かめたかっただけです。今後とも、どうぞご指導ご鞭撻ください。部署は違いますが、よろしくお願いします」

「私の話を聞いて、彼と別れるつもりはないわけ？」

「私に離婚どうのという決定権はありませんので」

結婚も離婚も、笑麻が決めることではない。すべては響介に任せているのだから。

「まぁいいわ。とにかくそういうことだから、急に現われたあなたなんか、花菱さんにとってどうでもいい存在ってことを、よーく理解しなさいよね」

ツンと澄ました彼女の顔を見て、響介はこういう女性が好みなのか……、とぼんやり思う。

「向坂さん、大人でお綺麗なんですから、夫以外の方にもモテモテなのでは？」

「そりゃあ誘われないこともないけど？　でも花菱さんとじゃ比べものにならない人ばかりよ」

笑みを浮かべていた向坂は、次の瞬間に表情を一変させて、笑麻を睨んだ。

「私、あなたがオフィスにいるのがイヤでしょうがないの。私の他にも同じ考えの人がたくさんいることをお忘れなく！」

「あっ！」

向坂に肩をぎゅっと掴まれた。彼女の気持ちが込められた、痛みを感じる強さだ。

「では……私が、会社を辞めればいいんでしょうか？」

「そんなこと自分で考えれば？　考えなくても答えは出てるでしょうけど」

笑麻の肩から手を放した向坂は、ふいっと背中を向けて行ってしまった。

しかし、この一件がよほど気に入らなかったのだろう。

その日から三日が経った今日まで、営業の件で響介のところにたびたび現われた向坂は、わざと笑麻に見せつけるように彼にまとわりついたり、笑麻が携わった業務について響介を通してクレームをつけるようになったのだ。

響介はそれらのクレームを、気にするほどのものではないからと、自分のところで止めていたようだが、あまりにも向坂がしつこいので笑麻へ確認に来る。

「――ということなんだが直せるか？」

「すみません。私のやり方が変なんですよね。向坂さんの言う通りに変えます」

笑麻は響介にニッコリ笑って答えた。

「いや、彼女のほうが急にやり方を変えたのかもしれない。笑麻が謝ることじゃないんだ。今までこんなふうに言ってきたことはないんだが……」

響介は眉根を寄せ、顎に手をやった。

「そうなんですか」

「最近、彼女と仕事を共有することが多いから、俺に言いやすいのかもな」

「大丈夫です。花菱さんのお手を煩わせてしまってすみません。じゃあやり直しますね」

指導を受けたのは、空き家住宅に携わる建設会社についての共有ファイルだ。

笑麻は教えられた通りに変更点を直したり、客に配布する資料を作っていたのだが、それらの何もかもが気に入らないらしい。

「直すのは一部分だけでいい。笑麻に仕事を教えてるのは道沢主任だよな？」

「はい」

「彼にも伝えておくから、直したら俺に教えてくれ」

「わかりました」

「しかし、いったいなんなんだ……？」

響介はブツブツ言いながら、デスクを離れている道沢のもとへ向かった。

（響ちゃんの話によれば三日連続でクレームが入ったらしいけど、これって私に対する嫌がらせだよね？　私の仕事が向坂さんの仕事にそれほど関与してるわけじゃないのに……）

ふうう～と息を吐き、ＰＣの画面を見つめる。

作業を始めようとすると、道沢がそばにやってきた。

「花菱さんに聞いたよ、向坂さんの件」

「道沢さん、すみません。私のやり方がおかしいみたいで」

「おかしくはないんだけどね。花菱さんが一部だけ直してくれればいいって言ってたから、とりあえずそうしてみようか」

「はい」

「指摘があったのはここで――」

椅子に座っている笑麻の後ろから、道沢が丁寧に教えてくれる。笑麻のせいではないのだが、余計な手間を取らせていることが申し訳なさすぎた。

「こんな感じかな。大丈夫？　疲れてない？」

「はい、大丈夫です。色々なやり方があって勉強になります」

「そうやって答えてくれるから助かるよ」

「お時間を取らせて申し訳ありません。ご迷惑をおかけして……」

笑麻が謝ると、道沢が苦笑した。

「あんまり気にしなくていいからね。花菱さんもそう言ってたし」

「はい」

とはいえ、笑麻との件が原因で仕事に支障をきたしたのなら考え物だ。こうして響介や道沢に迷惑をかけているのだから。

（私が辞めれば向坂さんは何もしなくなる。でも絶対に辞めたくない。響ちゃんが薦めてくれた職場だもの。皆いい人だし、仕事も楽しくなってきた。自分で稼いだお金を少しでも生活に役立てたい。響ちゃんばかりに頼るのは申し訳ないという初心を忘れないようにしよう）

決意を新たに、笑麻は作業に取りかかった。

集中して終わらせたが見直し、道沢に確認してもらう。オーケーが出たので、笑麻は一旦デスクを離れた。

「つ、疲れた～……」

首を回しながら、小さな声でぼやく。

たいした修正の量ではないのだが、向坂のチェックが入ると思うと、完璧に仕上げようとして力が入ってしまったのだ。

「こういうやり方は効率が悪いけど、とりあえず納得してもらえればいいか」

「笑麻」

後ろから知っている声をかけられて振り向く。そこには予想した通りの人がいた。

「あっ、響……じゃなくて花菱さん。お疲れ様です」

先ほどの件の確認だろうか。

と彼に聞きたいのに、思わず笑麻を見下ろすその姿に見とれてしまった。

どこかでミーティングがあるらしく、ファイルやタブレットを手に持っている。ネイビーのスーツに爽やかな水色のシャツが彼にとても似合っていた。ついさっきも見ているし、なんなら今朝も家の中で見ているのだが、なぜかとても素敵に感じるのだ。カットしたばかりの黒髪、笑麻を見つめる二重の目、形の整った薄い唇……。じろじろ見ては変に思われるだろうに、彼から目が離せない。

「お疲れ様」

響介の発した声が、妙に胸に響く。

「先ほどの向坂さんの件、道沢さんに教えていただいて直しました」

笑麻は彼に気取られないよう、社内用の笑顔を作った。

「さっき道沢さんから確認が来たよ。これ以上あれこれ言われたら、それは難癖と捉えていい。俺から彼女に注意する」

「たぶん原因は……」

明らかに、笑麻が向坂の機嫌を損ねたことが原因だろう。

だが、響介には言わないという約束で向坂の気持ちを聞き出したのだ。彼に伝えて解決するのは向坂に対して筋が通らない。

「どうした？」

「いえ、なんでもありません。気になることがあったので、原因が確定したらお話しします」

「そうか。疑問に思うことがあれば、誰でもいいからすぐに相談してくれ。もちろん俺も聞くから」

「ありがとうございます」

もう一度、向坂とふたりで話をする必要がありそうだ。そしてさりげなく響介の気持ちも聞き出したい。もしかしたら向坂と付き合っていたのではないのか、と。

そう考えたとたん、笑麻の胸がぎゅうっと苦しくなった。聞きたいのに聞きたくないという複雑な感情が生まれている。

ふと顔を上げると、響介はまだそこにいて笑麻を見つめていた。なぜ移動しないのだろう。

「あの、どこかへ行かれるのでは？」

「ああ、ミーティングに行く」

響介は返事をしながら体をかがめて、笑麻の耳元に顔を寄せた。

「今度の休みも予定を空けておけよ？」

「っ！　な、なんで？」

すぐそばで聞こえた響介の吐息を感じて、ぼわっと顔が熱くなる。

「あ、そうだ、私がごちそうする番のこと、かな？」

焦りながら答えると、響介は顔を離してスマホを取り出した。

「違う。ちょっと待って」

何かをタップし、画面をこちらへ見せる。そこには笑麻が気になっていたものが写っていた。

「これ、良かったら一緒に行こう」

「この映画、見たかったの……！」

「前に笑麻が言ってたから、どうかと思って」

いつかの夕食後。つけていたテレビでたまたま映画のＣＭが流れたのだが、その時に笑麻が見たいと言ったのを、響介は覚えていた。

「うん、行きたいな」

「じゃあ次の休日に行こう。チケットは取っておく」

「ありがとう」

またも急に誘われてしまった。

先日食事に誘われたあたりから、響介は笑麻とプライベートで関わろうとしてくる。家の中でも何かと話しかけてくるし、仕事帰りにケーキやお菓子のお土産まで買ってきてくれるのだ。

(響ちゃんとの距離が縮まるのは嬉しいんだけど、私が何か気を遣わせることをしちゃったのかもしれない。私って空気読めないから……)

それとも響介の父が笑麻を気遣って？　などと色々考えてみたが、いまいちしっくりこなかった。

「今夜は俺がメシ買っていくよ。作らなくていい」

「え、でも悪いよ」

「いいから。美味い店を見つけてさ。テイクアウトもできるんだ」

「じゃあお願いしちゃおうかな」

「ああ、笑麻が好きそうなのを買っていくよ」

心なしか、笑麻に対する言葉遣いや表情まで穏やかになったような。ただ単に機嫌が良いだけだろうか？

立ち去る響介の背中を見つめ、笑麻は思いついた。

（もしかして……向坂さん？　最近、彼女と仕事をする機会が多いって言ってた。だから楽しくて機嫌がいいのかも……）

笑麻の心が、急に重たくなる。

響介の幸せを応援したいのに、したくない。向坂さんと上手くいってほしくない。この職場を辞めたくない。

響介と出かけた日に感じた、温かい思いを手放したくない。彼の笑顔をもっとそばで感じていたい……。

それがただのワガママではないことに気づきそうで怖くなった。だってもし気づいてしまったら——。

「笑麻ちゃん、ランチ一緒に行かない？」

「美味しい和食ランチのお店ができたんですよ」

同僚の塚越と丸山が、笑麻の顔を覗き込んできた。入社した当時から、ふたりとはよくランチに行き、たまに帰りにお茶をしておしゃべりをする仲にまでなっている。

「あ……、はい、行きましょう」

「あれ？　なんか顔色が悪いですよ？」

「本当だ。外に行くのはやめようか。ちょっと休んだほうがいいんじゃない？」

ふたりが心配そうに笑麻を見つめた。

私情を顔に出して心配させるなど、もっての外だ。笑麻は慌てて首を横に振り、ふたりに笑顔を向けた。

「いえ、全然大丈夫です！　心配させてごめんなさい。ちょっとお腹が空きすぎちゃって……」

「あはは、そうか～。だったら少し早いけど、仕事に区切りがついてるなら、もう行こうよ」

「たくさん食べて元気出しましょう」

「はい」

笑麻は手荷物を持ち、ふたりと一緒にオフィスを出た。


「ところで笑麻ちゃん。今日、変な話を聞いちゃったんだけど……」

和定食を注文した後で、塚越がこそっと話し始める。

その内容は、こうだ。

響介がいるにもかかわらず、笑麻が休日に他の男性と仲良くデートをしていたという目撃情報である。

「私、そんなことしてません」

驚いて否定すると、塚越が深くうなずいた。

「だよね。笑麻ちゃんがそんなことするようには思えないから、私は否定しておいたよ。それにしても、誰がそんなことを言い出したんだろう」

思い当たる人物はひとりしかいないのだが、証拠を得ていないので何もできない。

「嘘は困ります……」

悪口だけならまだしも、身に覚えのない嘘を流されるのは大迷惑だ。

「私も同じ噂を聞いたら否定します。SNSでも勝手におかしなことを言う人を見かけたら、笑麻さんに教えますね。気にしなくていいと思いますよ」

丸山も真剣な顔で笑麻に言った。

「ありがとうございます。教えてもらって良かったです」

笑麻の言い分を信じてくれただけでも心強い。本当に何もしていないのだから、何か言われたら、ふたりが言うように否定すればいいのだ。

「ところで……話は変わりますけど、さっき見ちゃいましたよ、ふふ」

冷たい麦茶のグラスを手にした丸山が、笑麻に微笑む。

「何を見たんですか？」

「花菱さんと笑麻さんのラッブラブ～！　の場面です」

「えっ、ええっ？」

焦った笑麻は、麦茶をこぼしそうになった。

「なになに？」

塚越が身を乗り出して興味津々な目を丸山に向ける。

「さっき笑麻さんをランチに誘う、ちょっと前ですよ。花菱さんが、こうやって笑麻さんに近づいて……耳元で何か言ったんですよっ！」

「あの花菱さんがっ？　嘘でしょっ!?」

塚越は両手を自分の両頬に当てて、きゃーと小さな悲鳴を上げた。

「しかもですよ？　見たことのない優しい顔で笑麻さんを見つめていたんです……。そして穏やかに会話が続いて……。あ、何を話していたのかは、もちろん聞こえませんでしたので、ご安心を」

丸山は興奮気味に笑麻に言った後で、さらに続けた。

「私、それを同期の子と一緒に目撃しちゃったんです。本当に貴重なものを見せていただき、ありがとうございました。笑麻さんのはにかんだ表情も可愛らしくて……。私、その同期と一緒に花菱夫妻を推すことになりましたもん」

「いいなぁ、私も見たかったわぁ。笑麻ちゃん、午後もお願いできない？」

「えええ、えっと、その、あの」

あれを全部見られていたのかと思うと、顔から火が出そうだ。

もじもじしているところに、ランチの和定食が運ばれる。

笑麻と塚越は焼き鯖《さば》定食、丸山は肉豆腐定食だ。それぞれ切り干し大根の煮物、ご飯と味噌汁、漬物がついている。

「笑麻ちゃんてば、真っ赤になっちゃって可愛い」

割り箸を手に塚越が楽しげに笑うと、丸山が肉豆腐をつつきながら言った。

「私、結婚願望がない人だったんですが、花菱さんと笑麻さんと見ていたら結婚したくなりました」

「そうよねぇ。私も今度の週末は婚活のオフ会にでも申し込もうかしら」

「ぜひ私も誘ってくださいよ。そういえば――」

ふたりの会話を聞きながら、笑麻は焼き鯖を箸でほぐした。口に入れると、鯖の脂と旨みがじゅわっと広がる。そこへご飯を頬張れば最高に美味しい……、のだが。

(こんなに美味しいのに、心の底から味わえない。さっきの変な噂は向坂さんが流したんだよね？　さすがに放っておくわけにはいかないよ)

豆腐とネギが入った熱々の味噌汁を啜りながら、響介のことを思う。

（もし本当に、このイヤな噂を流したのが向坂さんだったとしたら、そういうことをする人と一緒にいて、響ちゃんは本当に幸せになれるんだろうか）

響介と会話後、彼の幸せを応援したいのに、向坂とのことは応援できないと思った。

笑麻が身を引けば響介が幸せになれる。なのに、心が拒否をしている。

（向坂さんが私に攻撃してくるような性格だから、響ちゃんのそばにいさせたくない。それが拒否の理由かと思ったけど……これは、違うわね）

ランチを終えた笑麻は、自分の気持ちを静かに見つめた。

オフィスに戻り、響介の姿が目に入ったとたん、胸がぎゅっと締め付けられる。

これはもう、認めざるを得ないだろう。

（私、響ちゃんのこと、好きだなぁ……）

しみじみ思いながらデスクについた。そしてまた、彼の姿を目で追い始める。

（響ちゃんのことは、元々嫌いじゃなかったから、すぐに結婚を決められたんだと思う。いくらお父さんの勧めだからってイヤなら拒否はできたんだもの。響ちゃんに再会して、彼が私を拒絶する気持ちを聞いても結婚はしようと思った。響ちゃんの態度が心底意地悪なものには感じられなかったから……）

冷たい印象だったが終始そうではなかった。

（本気で結婚する気があるのかって、まず私の気持ちを聞いてきた。それも優しさだよね。だから私、響ちゃんとなら大丈夫って思えたのかも）

響介がこちらのほうを向くたびに、胸がきゅんとして顔が熱くなる。目を合わせたいのに、合いそうになると逸らしてしまった。

（私、響ちゃんのことを好きどころか、大好きになってるじゃない……）

結婚で生活を保障してくれてるから？

響介の職場を紹介してくれたから？

高級なものをたくさん買ってくれたから？

どれも違う。響介のそばにいて、意外な彼をたくさん知ったからだ。

見た目も好きだがそれだけじゃない。冷たそうに見えて本当は優しかったり、焦った表情を見せたり、笑麻の返事に笑ったり、笑麻のちょっとした発言を覚えていてくれて、笑麻の料理を美味しいと残さず食べて……。無理に笑麻の体を求めたりせず、体の気遣いまでしてくれる。彼の好きなところを数えれば切りがないくらいだ。

（私ったらバカだな。響ちゃんは最初にはっきりと、愛される期待を持つなって私に言ったのに。恋愛感情は迷惑だとも言ってたよね？　わかってたのに、いざこうなってみるとつらいな……）

ＰＣの画面に視線を戻した笑麻は、小さく嘆息する。

（でも、好きになっちゃったんだから仕方がない。……それよりも、とにかく向坂さんに噂のことを確かめないと）

笑麻は気持ちを奮い立たせ、仕事に打ち込んだ。


その日の仕事帰り。

笑麻は、渋谷のとあるダイニングバーで親友の直美と落ち合った。

「ごめんね、笑麻。急に誘っちゃって大丈夫だった？」

「大丈夫、大丈夫！　すごく嬉しいよ～！　それより直美のほうが大変じゃなかった？　忙しいんでしょう？　今日で良かったの？」

申し訳なさそうに眉を下げる直美に、笑麻は聞き返す。

昨夜、響介と夕飯を食べている時に直美から連絡が入った。

笑麻の誕生日を祝いたかったが仕事が忙しく、翌日しか空いていないのだが、いいだろうかというメッセージだ。笑麻はもちろんオーケーして、ここに来たのだが……。

「すぐに次のプロジェクトが始まることになったから、今日しか空いてなかったの。

どうしても笑麻のお祝いしたかったから大丈夫。あ、お酒飲める？　ソフトドリンクもあるけど――」

メニューを一緒に見ながらドリンクを決める。直美が予約してくれた個室は広さがあり、周りを気にせずゆったりとくつろげる空間だ。

直美は高校時代に知り合い、別の大学に行っても就職をしても、ずっと付き合いが続いている親友だ。明るく行動的で優しく、笑麻と価値観が似ている。一緒にいると心から安らげる存在だ。

そして、笑麻と響介の結婚の秘密を知る、唯一の友人でもある。

「笑麻、少し遅れたけど、お誕生日おめでとう」

「ありがとう。結婚式もお祝いしてもらったばかりなのに、なんだか申し訳ないな」

「何言ってんの。ほら、乾杯！」

「うん、乾杯！」

グラスを合わせて、キンキンに冷えたビールを喉に流し込む。仕事後の蒸し暑い夜には最高のご褒美だ。

「美味しいね～」

「うん、最高～！」

ふふと笑顔を交わしているふたりの前に、穴子の煮こごりが運ばれる。

「どう？　新婚生活は？」

煮こごりを箸でつまんだ直美が問う。

「なんかね、自分にすっごくモヤモヤしてる……！」

笑麻も煮こごりをひとくち食べてから、親友に素直な気持ちを吐き出した。

「お、おおう……、どうしたの？」

「直美にしか話せないことだから、ぶちまけちゃってもいい？」

「もちろんよ。なんでも聞くからどんどん話しな！」

ぐぐーっとビールを飲んだ直美は、ドンッと自分の胸を叩いた。

「うう、ありがと！」

笑麻もビールを飲み、グッと唇を拭って頭の中で話を整理する。

いくら仲良くなってきたといっても、同僚である塚越や丸山には話せない。ひとりで抱えるのは苦しくなってきたので、直美に聞いてもらうしかないだろう。

笑麻はまず、向坂のことを説明した。

我慢していたせいか、彼女にされた仕打ちが次から次へと出てきて止められない。

そんな笑麻の話を直美は真剣に聞いている。

豆腐と海鮮サラダが届き、そこでようやく笑麻はスッキリした。

「向坂さんにいじめられても、笑麻は会社の人に相談しづらいと。そんな自分にモヤモヤしてるの？」

「それはそうなんだけど、向坂さんに対しては結構言い返しちゃうし、モヤモヤと言うよりイラッとしてるだけ。でも響ちゃんのことになると、自分にモヤモヤしちゃって……」

直美が取り分けてくれた豆腐サラダを食べ始める。ごまのドレッシングと豆腐が良く合い、優しい甘みのサラダだ。

「旦那さんにイヤなこと言われた？」

「ううん。この前は食事に誘われて一緒に出かけた。イヤなことどころか、最近すごく優しいの」

「えーっ！　旦那さんのほうから誘ってきたの？」

「そう。今度の休日も映画に誘われてる」

「どういう風の吹き回し？　彼が先に笑麻のことを突き放してきたんだよね？」

直美は驚いて、箸の先にあった豆腐を落としそうになる。

「うん。だから、たまには外で食べたいだけなのかと思ったんだけど、なんか様子がおかしいっていうか、やけに機嫌が良いの。で、その理由がなんとなくわかった気がするんだけど、その前に重要なことがあってね」

向坂と一緒にいる時間が増えて機嫌がいい、という仮説だが、それよりも直美にだけ伝えたいことがある。

「重要なこと？」

「私の気持ちに変化があった。気づいてはいけなかった変化、かな」

急に悲しい気持ちがこみ上げてくる。

「もしかして笑麻、旦那さんに恋しちゃった？」

「そ、そうストレートに言われると焦るけど……当たり」

これだけでわかるとは、さすが親友である。

「なるほど……。それは悩むわ」

ふむふむと直美はうなずき、二杯目のビールを注文した。笑麻は濁り梅酒をお願いする。

「響ちゃんのお父さんが、うちのお父さんの次の就職先や住む場所までお世話してくれたの。お父さんも落ち込んでばかりいられない、響ちゃんのお父さんに恩返ししたいって張り切ってる。私が結婚したことで、お父さんは私の心配もしないで済んでるのよね。私もそれが嬉しいし、響ちゃんにも一生感謝して、良き妻でいたいと思った」

残りのひとくちになったビールを飲む。ぬるくなったそれは舌の上に苦かった。

「だけど私が響ちゃんを好きになったら、このバランスが崩れちゃうのよ」

「恋愛感情は迷惑だって言われたから？」

「期待もするなって言われてるのに、勝手に好きになっちゃった私がいけないんだけどね……」

ここまで話してハッとする。

「どうしたの、笑麻？」

「ごめんね、こんな話ばかりして。せっかく直美が誘ってくれたのに、私ってば暗すぎる。ほんとごめん！」

「いいんだって。今日は笑麻の話を聞きたいんだから、どんどん話してよ！」

直美は力強い笑みを見せて、親指をグッと立てた。

「ありがと。でも直美の話も聞きたいな」

「私は後でいいのよ。って言っても、趣味ができたくらいだから、たいした話じゃないんだけど」

「え～、今聞きたいよ」

「ずっとやってみたかったバイオリンを習い始めたの。とはいえ忙しくて月一くらいしか通えなくてね」

直美は大げさに肩をすくめてため息を吐いた。

「バイオリンなんてすごいじゃない。今度聞かせてよ」

「そうだねぇ……。三年後くらいになるけどいい？」

「ええーっ！」

「下手すぎて自分でも耳を塞ぎたくなるんだもん。他人が聞いたら苦行だよ？」

あははっと直美が豪快に笑うので、笑麻も釣られて笑ってしまった。

鮪のタルタルをガーリックトーストに乗せて食べる。鮪とアボカドのねっとりさとハーブの爽やかさ、ガーリックが相まって絶品だ。

「ねえ笑麻、聞いてもいい？」

「ん？　何？」

個室なので周りを気にせずとも良いのだが、直美がこそっと尋ねてくる。

「旦那さんとHはしてるの？」

「ぐっ、ゴホッ」

唐突に尋ねられて驚いた笑麻は、トーストを喉に詰まらせた。

「わっ、ごめん笑麻！　大丈夫？」

慌てた直美が水を差し出す。そのグラスを受け取って、笑麻は水をひとくち飲んだ。すぐに落ち着き、直美に返事をする。

「ありがと、大丈夫。びっくりしただけ。ええとね……初夜にしたよ」

「それだけ？」

「うん、その日だけ」

笑麻の返事を聞いた直美が、呆気に取られた顔をした。

「いやあのだってさ、どういうこと？　結婚式から二ヶ月近く経ってるよね？　形だけの夫婦で一度もしないっていうならわかるけど、してるのに一回だけって変じゃない？」

言われてみればそうかも、と笑麻は考える。

「子どもはつくろうってことで初夜にしたの。響ちゃんはイヤなら言ってほしいって確認してくれた。彼もイヤじゃないって言うから、そこは合意のもとでしたのよね」

「ほ、ほほう……」

「ただその後は色々タイミングが悪くって。響ちゃんの出張とか、私の生理とか。私が就職して、とかね。でもそのうち気づいたんだ」

「好きでもない人と子づくりするなんて、響ちゃんにとっては苦痛でしかないだろうって。そうしたら彼が可哀想になってきて、排卵日だけにしたほうがいいと思ったの」

モラハラ夫を調べている時に夫婦のセックスについての情報も見かけた。そこで、普通の夫婦でも排卵日だけするという人がたくさんいると知ったのだ。

「もしかしてそれ、旦那さんに言っちゃった?」

笑麻の話を聞いていた直美が目を丸くした。

「うん、まぁ」

タイミングが合わない日までするのは大変だろうと、響介には話した。

「それが原因で誘われないんじゃないの?」

「でも、響ちゃんはホッとしたんじゃないかな。義務で私を抱くんだから」

(私、響ちゃんと再会した時に『子づくり頑張ろうね』なんて言っちゃってた。彼の気持ちも考えずに、ものすごく図々しかったよね)

色々と思い出して頭を抱えたくなる。

「笑麻は彼と、どうなりたいと思ってるの？」

「……わからない」

濁り梅酒を口に含み、とろんとした甘さを味わった。

「私の性格的には『大好き』ってすぐにでも伝えたいんだけど、言っても意味がないし、彼にとっては迷惑なんだから、どうしようもないじゃない？　八方塞がりだからモヤモヤしてるのかな」

「笑麻はこうと決めたら突き進む、猪突猛進《ちょとつもうしん》タイプだもんね。そんな笑麻にとって、はっきりしない状況はつらいか……」

「猪突猛進も善し悪しだよ。空気が読めないことをたくさんしてたかもって、今さら反省してる」

しゅんとする笑麻に、直美が明るく笑う。

「でもそこが笑麻のいいところでしょ？　苦労をポジティブに変えられる力があるんだから、旦那さんともっと話をしてみたらいいんじゃない？　それに、私が思うに彼は笑麻のこと、かなり気に入ってると思うよ。誘ってくるのも機嫌が良いのも、笑麻と一緒にいるのが楽しいんじゃない？」

「そうかな……」

「そうそう。ほら、メインの料理が来たよ。たくさん食べて、いつものポジティブな笑麻に戻りな」

「ありがとう」

厚切りのローストビーフは驚くほど柔らかく、甘めのソースがぴったりだ。続いてテーブルに届いたのは升に入ったいくら丼だ。溢れんばかりに、いくらがたっぷり盛られている。

響介の機嫌がいいのは向坂と関わる時間が増えたから、という話をしようと思った時、スマホの画面にメッセージが届いたことに気づく。

「え、響ちゃんからだ」

「どうしたの？」

画面をタップした笑麻は、彼の言葉に目を疑う。

「迎えに行くから、帰る時に教えてって」

「ええっ、いいじゃん！　ほらやっぱり笑麻のこと、嫌うどころか気に入ってるんだって！」

直美が嬉しそうにはしゃぐ。

彼に「いいの？」と返信すると既読がつき、すぐに返事が来た。

「お友達も送るから遠慮なく言って、って」

「それって私のこと!?」

ふたりで顔を見合わせ、驚きを共有する。

(響ちゃんがどういうつもりなのかわからないけど、嬉しい)

笑麻は遠慮する直美を説得し、響介の申し出をありがたく受けることにした。

すべて食べ終わった時、直美が確認するように言った。

「まずは、その変な噂の出所を探すこと。困ったら上司に話す。あと、向坂さんは笑麻の旦那さんと過去に何があったのか、確認すること。彼女の言葉だけじゃ信用に足るとは思えないからね。旦那さんに聞くのが一番早いと思う」

「そうだね。ひとりでアレコレ考えてても何も解決しないって、直美に話してわかった。今日は本当にありがとう」

「こちらこそ、話してくれてありがとうね」

親友と笑みを交わし合う。

会計を済ませた直美に改めてお礼を言い、外で待つ響介のところへふたりで向かった。

「響ちゃん、ありがとう。まさか迎えに来てくれるとは思わなくて、びっくりしちゃった」

直美を乗り換え駅まで送った後、ふたりになった車内で笑麻は響介にお礼を言った。

「今日は時間に余裕があったから」

いつもの口調で響介が返す。

「おかげでゆっくりできちゃった」

「良かったな。連れて行ってもらった店はどうだった？」

「わざわざ個室を予約してくれてごちそうになったの。落ち着いてて素敵な空間だった。ご飯もすごく美味しくてね、ローストビーフといくら丼が最高だったの。プレゼントまでもらっちゃって……幸せだな」

直美は帰りがけに、お誕生日と就職祝いだと言って、ネイルサロンのギフトチケットをプレゼントしてくれたのだ。

「良かったな」

「うん」

今度、直美にお返しをしよう。笑麻は彼女にスマホでお礼のメッセージを送った。

「……笑麻」

「えっ、はい」

急に名前を呼ばれて、笑麻の胸がきゅんっと甘酸っぱく跳ねた。

「次の、その……」

「え？」

「いや、次の排卵日はいつだったのかと思って」

「え……ええと、あの……ちょっと待ってね」

「今日は違うんだな？」

「もう少し後だと思う、たぶん。一応婦人科で周期を聞いたけど、もっと正確な日を知りたいなら詳しい検査を――」

「いや、そうじゃないんだ」

「どういうこと？」

運転する響介の横顔に問いかける。

「だいたいどれくらいか知りたかっただけだ。すぐに子どもが欲しいなら俺も調べてもらうから言ってくれ。不妊の原因の半分は男性側だというからな」

「そうね、わかった」

響介が不妊について調べていたのは意外だが、よく考えれば当然なのだ。笑麻が思った通り、彼にとっては子づくりするためのセックスであり、それ以外は負担なのだろう。

　ひりひりする胸を押さえつつ、笑麻は気になっていたことを問う。

「話は変わるけど、会社で私のことについて……何か聞いたりした？」

「向坂さんか？　彼女だったら資料の直しに納得してたぞ。道沢さんから聞いてないか？」

　笑麻に関するおかしな噂話について聞きたかったのだが、この口ぶりだと響介は知らなさそうだ。

「うん、聞いたよ」

「あとは何も言ってこないから、彼女も気が済んだんじゃないか。笑麻も気にしないでこのまま業務を進めればいい」

「良かった」

　はは……と笑った笑麻は、それ以上、響介に聞くのをやめた。

　彼は忙しいのだから、余計な心配事を耳に入れる必要はないだろう。

　しかし、翌日から向坂は出張に出てしまった。おかしな噂は、同僚の塚越や丸山のおかげで大きく広まることは防げているようだが……。

スッキリしない気がかりと、響介への恋心を抱えながら、笑麻は彼と約束の休日を迎えた。

四章「君が好きでたまらない」～響介編～

響介は今日の服装に迷い、三回も着替えてしまった。

「まぁまぁだな……」

ヘアセットを終えて鏡の前で何度も自分をチェックする。まるで初めてデートに臨む中学生のようであるが、どうにもやめられない。

ウォークインクローゼットで着替えている笑麻をリビングで待つ。ソファに座ってみるも、そわそわして立ち上がり、また座る、を繰り返していた。

「響ちゃん、お待たせ」

「ああ」

五回目に立ち上がったところで声をかけられて振り向くと、そこには女神が立っている。

「この前、響ちゃんが買ってくれたのを着てみたの。どうかな？」

「似合うよ」

笑麻の姿があまりにも眩しくて直視できず、目を逸らした響介はぶっきらぼうに答えてしまった。

「そ、そう？　ありがとう。このバッグも使ってみようと思って」

「どんどん使えばいいんじゃないか。そのほうがバッグも喜ぶ」

笑麻が差し出したバッグを横目でチラリと見る。本当は嬉しくてたまらないのだが表現できない。

（なんだよ、この俺の態度は……。中学生どころか小学生じゃないか……！）

小さく息を吐いて落ち着こうとした響介に、笑麻がとんでもない言葉を渡してくる。

「響ちゃん、今日はいつもと雰囲気が違うみたい。すごく素敵だね」

「別に、いつもと変わらないだろ」

めちゃくちゃ支度に時間をかけたクセに何を言ってるんだお前は、と心の中で自分にツッコんだ。

その間も頭の中では、先ほどの彼女の言葉にエコーがかかり、「素敵だね」「素敵だね」「素敵だね」が繰り返されている。

「今日は特に大人っぽくて素敵だよ。ヘアスタイルもセンター分けしてるの、初めて見た。響ちゃんに似合ってるね」

「褒めすぎだ。……じゃあ行こうか」

顔が熱いのを見られないように、響介はさっさと玄関へ向かった。

映画館に到着し、飲み物を買って座席に着く。

笑麻に二度目の恋をしたと自覚してから、響介は彼女を以前にも増して意識していた。

会社では外に出たり、オフィス内の移動が多いために、それほどではないが、そばにいる時は笑麻から目が離せない。なのに目が合うと逸らしてしまう。

（どうにも素直になれないのが俺のダメなところだ。社内で笑麻を誘った時は、他人に気づかれないために笑麻の顔の近くで話したんだが、あれくらい自然に攻めないと……）

少しでも彼女と心の距離を近づけたくて、映画に誘ったのだ。今日は成果をあげるためにも頑張らなくては。

そして笑麻が許してくれるなら、彼女と本当の夫婦になりたい――。

（そんな都合のいいことは無理か……）

響介は自嘲気味に笑みを浮かべ、笑麻に発した言葉のひどさを思い浮かべる。

笑麻を金目当てのイヤな女だと決めつけ、夫婦間の愛情に期待を持つな、俺に愛されたいなどと思われても迷惑でしかないと言い放った。

(俺は何様のつもりで、あんなひどいことを言ったんだ?)

この場で頭を抱えて叫びたくなる衝動に駆られる。

(俺に近づいてくる女性に辟易《へきえき》していたのは確かだ。だから笑麻も同じだと勝手に思い込んで警戒し、さらに俺を忘れていたこともショックで彼女を拒絶した……。あの時の俺は本当にバカだ! 笑麻は気にも留めない様子だったのが救いではあるが)

それが笑麻の本音だろう。窮地に立たされていた笑麻と彼女の父が救われれば、響介の言葉などどうでも良かったに違いない。

そう考えると落ち込むが、あの時の自分をひとつだけ褒めてやりたいことがあった。

笑麻の「響ちゃん」呼びだ。

響介のことをほとんど覚えていないほど、響介に興味がなかった笑麻に対して、幼い頃の「響ちゃん」という呼び方を教えた。いきなりそう呼ぶのは躊躇うに違いないという意地悪で言ったのだが、彼女は素直に「響ちゃん」と呼んだ。これが意外と良かったのである。大人になった笑麻の声で毎日「響ちゃん」と呼びかけられるのは、非常に心地良い。

(とにかく、笑麻に好きだという気持ちを伝える前に謝りたい。その日まで謝罪の意

味も込めて笑麻と仲良くできるよう努力をするんだ）

それにしても……と、先ほど飲み物を買った時を思い出す。平日だが、館内には自分たちと同じような夫婦やカップルがたくさんいた。その中でもやはり、笑麻の可愛さはダントツだったのである。

（俺が笑麻を好きだから補正がかかっている可能性もある。いや、客観的に見ても笑麻はかなり可愛い。社内でもとびきり可愛いしな。ひとりで歩いていたらナンパされるんじゃないだろうか。結婚指輪をしているとはいえ、心配だな……）

スクリーンに映し出された映画のＣＭを見つめながら、響介はひとり気を揉んでいた。

（笑麻を俺がいる会社で働かせて良かった。俺の目が届かないところで働いていたら危険だったな。いや、社内が安全とは限らないが）

ふう、とため息を吐いて彼女のほうをチラと見る。

まだ映画の宣伝だというのに、笑麻の視線はスクリーンに釘付けだった。サスペンスものの内容に眉を寄せたり、大きく口を開けて驚いたりしている。

その様子が可愛すぎて、今すぐここで抱きしめたいくらいだった。

響介は深呼吸をして心を落ち着け、自分もスクリーンへ顔を向ける。しばらくして映画が始まった。

笑麻が見たいと言ったのはスパイもののアクション洋画だ。彼女のキャラクターから言うと意外な好みだったが、それもまた面白く、彼女の好みをもっと知りたいと思えた。

（こういう感情はいつぶりだろう。いや、もしかすると初めてかもしれない。自分から相手のことを知りたがるなんて……）

小学生の頃に笑麻が初恋だと気づいた、あの時以来かもしれない。

笑麻の引っ越し先を知りたくて父親に聞いた。東京にはおらず、隣の県に引っ越していた。笑麻が何を考えているのか知りたい、響介を思い出すことはないのか、今どうしているのか、友達はできたのか――。

（思えば俺、あの初恋をずっとこじらせていたのかもな……）

初っぱなからアクションシーン満載の映画だが、響介は心ここにあらずで内容が頭に入ってこない。

隣にいる笑麻の手をいつ握ろうかと、そればかり考えている。

しかし、ドリンクホルダーの場所がちょうど邪魔になって手を出しづらかった。

（中学生男子かよ、俺は。夫婦なんだから手ぐらい握ってもおかしくはないはずだ。

毎晩一緒のベッドで寝てるんだぞ？　……寝てるだけだが）

布団をかけ直してやるくらいで、抱きしめるどころか故意に触れることなどしていなかった。

ここのところ、笑麻の吐息を感じるたびに襲いかかりたくなるのを、どうにか理性で抑え付けている。だからつい「排卵日はいつだ」などと、聞いてしまったのだ。

（やっぱり、いきなり手を握ったら、おかしいと思われるよな。ドン引かれるかも……）

悶々としていたその時、笑麻の椅子が小さく揺れた。

「ね、響ちゃん」

「っ⁉」

突然、耳元に笑麻の囁きが届き、彼女の香りが鼻先に届く。

「どうした？」

のけぞりそうになりながら、響介は彼女に小声で返事をした。

「そっちのドリンク、ひとくちもらっていい？」

「あ、ああ、そうだったな」

飲み物を購入する際に笑麻が迷っていたので、両方購入して分け合えばいいと響介が提案したのである。

（口から心臓が飛び出すかと思った。驚きすぎてまだドキドキしてるぞ……）

響介はキャラメルフレーバーのアイスコーヒーを笑麻に渡した。

「ありがとう。私のもあげるね」

「ああ」

彼女のアイスマンゴーティーを受け取り、ストローを口に付ける。香りの良い冷たさを喉に流し込んだ。

（ストローの間接キスじゃなく、笑麻とキスがしたい。子づくり用のためにセックスをする際のキスじゃなくて、普通の夫婦としてキスがしたい）

考えれば考えるほど、手を握るのもキスをするのも、根本的な解決がなければ無理だと思えてきた。

（だからまずは笑麻を拒絶していないことをわかってもらうために、彼女と仲良く過ごせる努力をして……）

結局、同じ考えがループする響介だった。

「面白かった〜！」

「結構すごいアクションだったな」

二時間の上映が終わり、映画館が入っていた商業施設を出ると、強い日差しがふたりを迎える。夏らしい青空に白い雲が浮かび、植栽の緑が時折吹く風に揺れていた。

「最近、映画はサブスクで見るだけだったから、映画館が新鮮ですごく良かった。やっぱり迫力が違うよね」

「俺も映画館は久しぶりで楽しかったよ」

駅までの広い通りを並んで歩きながら、映画の話で盛り上がる。

「響ちゃんは普段、どういうジャンルの映画を見てるの？」

「その時の気分によるが、基本的には何でも見る。恋愛ものはあんまり見ないが」

「ホラーは苦手？」

風が吹いて乱れた髪を片耳にかけた笑麻が、響介の顔を覗き込んでくる。彼女のワンピースの裾が揺れた。

その様子があまりにも可愛らしくて、胸が痛いくらいに締め付けられる。

「話題作は見るよ」

「じゃあ今度はホラーを見に行こうよ」

「笑麻はホラー大丈夫なのか？」

「大好きなんだけど、映画館では見たことがないの。家で見るより、あんなに大きい画面と音量だったら迫力があって、すごく面白いだろうな」

ふふ、と笑って楽しそうにしている。アクション映画を見たがっていたのも意外だが、ホラーはもっと意外だった。また笑麻の知らない部分を発見できて嬉しくなる。

「じゃあ行こう。笑麻が好きそうなホラーを選んでくれ。あ、そうだ」

「何？」

「映画もいいが、テーマパークのホラーアトラクションは？　最近すごいのができたらしいとSNSで見たぞ」

「そ、それは……」

映画の話とは打って変わって、笑麻の表情に不安が浮かぶ。

「たぶん私、そういうお化け屋敷的なのは、響ちゃんにしがみついちゃって、ほとんど進めないと思う……」

「怖いのか？」

「映像は平気なんだけど実物はちょっと、ね」

笑麻が肩を縮ませて、こちらを上目遣いで見た。

（そんな顔をされたら可愛すぎて意地悪を言いたくなるじゃないか……！）

このまま抱きしめたくなるのをグッと我慢し、笑麻に笑いかける。

「じゃあそっちのチケットも取っておくよ」

「ええっ？」

「笑麻が怖がってる顔も面白そうだ」

「だからダメだってば～！」

困り顔の笑麻が、響介の腕を軽く叩いた。その手を素早く取り、響介は笑麻と手をつなぐ。

「冗談だよ。テーマパークで遊ぶだけならいいんだろ？」

「そ、そうね。ホラーアトラクション以外は、うん」

返事をした笑麻は一瞬戸惑ったが、つないだ手を放そうとはしなかった。

（よしっ、自然に手をつなげたぞ……！）

響介の心が嬉しさに沸き立つ。

笑麻を抱いた夜には気づかなかった、自分よりも小さな手をしっかりと握る。響介の指に笑麻の細い指を絡めさせ、いわゆる「恋人つなぎ」をした。

どこから見ても仲の良い夫婦だろう。この後遅めの昼食をとる予定だ。どこのテーマパークに行こうかという相談をしたい。

ウキウキしつつ歩いていると、笑麻がぽつりと言った。

「響ちゃん、最近ご機嫌だね。楽しそう」

「そ、そうか？」

「……何かいいことあったの？」

尋ねられてまたも心臓がドキーンと大きな音を立てる。すでに響介の気持ちがバレているのだろうか。

「いいことといえば、まぁいいことだな」

「私には言えないこと？」

いくら鈍感な笑麻でも、最近の響介の彼女に対する行動を考えれば気づいてもおかしくはない。

「今はまだ、言えないかもしれないな」

「そうなんだ……」

なぜか笑麻の表情が暗くなる。

(俺の気持ちは受け入れられないということか？　今日の行動がキモいと思われたのかもしれないのか。まずい、どうすれば——)

「早めに教えてくれると助かるかも。私も気持ちの整理をつけたいから」

一転して笑麻が明るく笑った。

ということは、響介の気持ちを待っていると受け取っていいのだろうか？　それはさすがに深読みしすぎか。

次の映画やテーマパークの約束もしたのだし、今はポジティブに捉えて過ごそう。

「ああ、必ず教える。俺の気持ちを伝えるから待っててくれ」

「……うん」

笑麻の手を強く握ると、彼女も響介の手を握り返してくれた。


笑麻と映画に出かけた翌週の、月曜日。

響介は仕事終わりに、親友と新橋《しんばし》の居酒屋で待ち合わせていた。

「珍しいな、お前から呼び出すなんて。いったい何事なんだ？」

秋野博《あきのひろし》が、訝しげな顔をして響介を見る。

彼は中学時代からの友人だ。先日の響介の結婚式にも呼ぶくらいの仲である。そして唯一、笑麻と響介の結婚理由を知っている友人でもあった。

「急に悪かったよ。お前に相談があって呼んだんだ」

そこへ生中が運ばれたので、とりあえず乾杯をする。

「あ～、最高に旨いな！　いや、別に悪くはないけど、どういう相談なんだ？　わざわざ俺と会って話さないとヤバいことなんだろ？」

お通しの塩辛を口に入れた博は「うめ～」と言いながらジョッキを手にする。彼が再びビールを飲んだところで、響介はぼそりと口火を切った。

「この歳になって、どうしたらいいかわからないんだ。好きな女性にはどうやってアプローチしたらいい？」

「……は？　なんて？」

博は聞き間違いかとばかりに、こちらへ身を乗り出した。

「お前、結婚したばかりじゃないか。奥さんほっぽって、もう浮気かよ？」

「違う！」

「意味がわからん。ちゃんと説明しろ」

中トロの刺身、えのきのバター炒め、鶏の唐揚げの皿がテーブルに並んだ。

周りは響介たちと同じく、男性サラリーマンの客ばかりである。女性が好みそうなおしゃれさの欠片もない古い店だが、値段が手頃で味は良く、気軽に話せる雰囲気もあって、いつも客で賑わっている。響介たちもよく利用する店だ。

「なるほどなぁ……。響介が結婚するって聞いた時は急で驚いたが、あの時はそういう事情もあるのかって納得したんだよ。でもまさか、お前の気持ちに変化が起きるとはね」

「……そうなんだよ」

「普段からお前は女性に対して冷めてるから、愛のない結婚でも受け入れたんだと思ったが」

「その時は今みたいな気持ちで笑麻を見ていなかったからな」

「いや、違うね。金目当ての女性を嫌うお前が、金で結婚を決めようとしている女性を拒まない理由はない」

中トロを箸でつまんだ博は、それを響介に向けて言った。

「なんだよ、それ」

「響介は再会した時から笑麻ちゃんに惹かれていたんだ。昔の面影を残しつつも美しく成長した彼女を見て、初恋の気持ちが再燃――」

「笑麻ちゃんとか呼ぶなよ、慣れ慣れしい」

大人になった笑麻と会って甘酸っぱい気持ちが蘇ったのは否めない。

「うわっ、醜い嫉妬丸出しじゃん、引くわ～……。っていうか、お前にもそういう感情があったんだな。なんか嬉しいわ」

博はニヤリと笑い、中トロを醤油につけてパクリと食べた。響介も同じく、脂ののった中トロを味わう。

「それでお前としては、今さら普通の夫婦になりたいってわけだな?」

「都合のいいことを言ってるのはわかってる。だから俺、とにかく笑麻を拒絶したことを謝ろうと思ってるんだよ」

言い終えた響介は、グッと生中を飲んだ。

「そりゃそうだ」

「その時、なぜ謝るのかを説明しなきゃならない。謝る理由は、俺の気持ちの変化だ」

「そこで愛の告白か!」

博が響介をビシッと指さす。

「ああ、そうだ。笑麻を好きじゃないのなら、わざわざ俺が言ったことを否定して謝る必要はないんだからな。そう思って、まずは笑麻と仲良く過ごすことを目指そうと思った」

「まぁ、いきなり告白しても驚かれちゃうか。それでいいんじゃないの」

「だが、よくわからない」

「どういうこと？」

響介は映画館に行った帰りの様子を博に話した。

手をつないでいた笑麻に「機嫌がいい。何かいいことがあったの」と聞かれ「今はまだ言えない」と答えると、笑麻の表情に陰りが見えたのだ。

響介の言葉を聞いた笑麻が、なぜそんな顔をしたのか——。

彼女の心がわからず、告白してもいいのか悩み、博に連絡したのだ。

「……笑麻の気持ちをポジティブに考えてみる、その一」

「お？　おお、なんかいきなり始まったな」

響介が人差し指を立てると、博が正座をしてかしこまった。

「実は笑麻も俺のことを好きで、俺からの告白を待っている。だから『今は言えない』の言葉に反応して微妙な顔をした。これは最大級のポジティブに捉えた場合だ」

「うん、それだったら嬉しいよな。響介も前に進みやすい」

博が深くうなずく。

「その二。単純に俺の気持ちが伝わっていないため、笑麻には俺の言った意味がわからなかった、それだけのこと」

「普通はそう考えるか。ていうか、それがポジティブ？」

「次にネガティブのほうを考えてみる、その一」

「おいおい、もうポジティブは終わりかよ」

足を崩し、鶏の唐揚げを口に入れようとした博が呆れ顔でツッコんだ。構わず、響介は続ける。

「俺の気持ちを察してしまった笑麻が、困っている……」

「なんで困るんだよ？」

「結婚する時に突き放した男から、やっぱり本当は好きだなんて言われたら、彼女にとっては意味不明だろ。何言ってんだこいつ気持ち悪い、くらいに思われてもおかしくはない」

「笑麻ちゃんがそんなこと思うかね？　で、その二は？」

自分で話し始めたこととはいえ、徐々に気が重くなっていく。

「その二は……、一の続きだ。そんな意味不明のことを言う気味の悪い夫とは一緒にいたくない。この先のことをどうするのか決めたいから、もったいぶらずに早く話してくれ、とか……」

「なんだそれ、妄想が過ぎるっての。そもそも笑麻ちゃんは、お父さんと自分の生活を安定させるために、覚悟を決めて響介と結婚したんだろ？　なのに、お前に気持ちを向けられたくらいで出て行くか？」

博は眉をひそめ、口に入れた唐揚げをむしゃむしゃと食べた。

「まぁ、そうなんだが……」

「その三もあるなら聞いてやるけど」

「その三は……」

「あるのかよ」

「これが最悪の想像だ。……他に好きな男ができたから、俺の気持ちを察した笑麻は、この事態に困惑している……」

響介の言葉に、博は「ああ……」と落胆した顔を見せた。

「それは、響介が言っちゃったんだもんなぁ。笑麻ちゃんに好きな男ができてもいいって」

「そうなんだよ。なんであんなこと言ったんだ、俺は……！」

好きな男ができたらそっちに行っていいなどと……。自業自得とはいえ、最低だ。

「とはいえ、夫婦なんだからヤルことヤッてんだろ？」

「一回だけな」

「……は？　なんて？」

一瞬の間の後、博が懐疑的な目でこちらを見た。

「初夜に抱いて、それっきりだ」

「どういうことだよ？　もしかして形だけの夫婦だからセックスはなしとか？　それにしては一回シてるってのもおかしいが」

「子どもはつくろうって、最初に笑麻から言われてるんだ。それは俺も同意してる」

ふうん、と博はうなずき、ビールを飲んだ。

「だが、生活が始まってから俺が出張とか、笑麻が就職したり、お互いに忙しかった。笑麻の体調もあってタイミングが合わなかったんだ。でも今は……いや、そうか、そうだな……」

発する声が段々小さくなっていく。

（笑麻に拒否されてるんだよな、俺）

排卵日以外にするのは大変だと言われた。じゃあその日はいつなんだと、笑麻を抱きたくて仕方がなくなった響介は、つい尋ねてしまったのだ。子づくり以外のセックスは拒否されているというのに。

博は追加で注文したハイボールを、響介は焼酎のロックを口にした。

「お前さぁ、よく我慢できるよな。別々の部屋で寝てるのか？」

えのきのバター炒めを頬張りながら博が尋ねる。

「いや、同じベッドで寝てる」

「すげぇ……。まぁ、俺も最近、昔と比べたらガツガツしてないわ。落ち着いてきたというか衰えてきたというか――」

「めちゃくちゃ我慢してるに決まってんだろ……！」

思わず博の言葉を強く否定すると、彼が目を丸くした。

「マジで？」

「好きな女が隣で寝てるのに我慢しなきゃいけない状況を想像してくれよ。頭がおかしくなるだろ、普通は」

「あはは、なるなる！　でもさ、響介はそういう奴じゃないじゃん。だから驚いてるんだよ、さっきから」

博が顔を上げて大きな声で笑った。

「いや～、面白いわ。そういうの、もっと聞かせてくれ」

「別に笑いを提供しているわけじゃない。あとは……いや、やめておく」

「なんだよ、ここまで話したんだから、はっきり言えって。からかわないから」

大真面目な顔をする博に、響介は胸中に秘めていた思いを吐き出すことにした。酒の勢いもある。

「その初夜の笑麻が可愛すぎて……、めちゃくちゃ興奮した。でも自分でそれを気づかないフリしたんだ。笑麻に夢中になる自分が怖くてさ」

一回では収まらず、二回も抱いてしまったのだ。笑麻は初めてだったにもかかわらず、響介の欲望に応えてくれた。それがまた健気で……。あの時の笑麻を思うと心の底から愛おしくてたまらなくなる。

「お前でもそういうこと言うんだなぁ」

「……うるさい」

感心したように言う博に、響介は口を尖らせた。

「安心したんだよ。いいじゃん、初恋を実らせようぜ。食事には行った、次に出かける約束もした……、そうだ、プレゼントを渡すのは？」

「この前、笑麻の誕生日だったんだ。それで買い物に誘ってプレゼントはした」

「じゃあ、とにかく告れ。告っちまえ！　アレコレ悩んでても進まないだろ。お前が最初に笑麻ちゃんを拒否ったのは仕方がない。過去のトラウマがあるんだ。笑麻ちゃんが金目当てで結婚を決めたんだから、愛情なんて生まれないと思うのは普通だよ」

博は響介の気持ちをなだめるように、穏やかな声で言った。

「だが、お前の気持ちが変わったなら話は別だ。迷うな、ストレートに言え。……そういえばお前、自分から告白したことって――」

「ない」

即答した響介に、博がチッと舌打ちする。

「響介が黙ってても女性のほうから寄ってくるんだから、告白なんぞ必要ないもんな。悔しいが羨ましいぜ。少しは分けてくれよ」

「お前には同棲してる彼女がいるだろ。お前こそ、そろそろ結婚しないのか？」

「フラれた」

「えっ、マジかよ」

「マジでーす！」

博は、わざとおどけた笑いを見せた。

「それ、いつの話だ？」

「響介の結婚式があった一週間前くらいだったかな」

「そうか……。原因を聞いてもいいか？」

「寝取られた」

「うっ！　ごほっ」

とんでもない答えに、ひとくち飲んだ焼酎にむせてしまう。

「ってのは、冗談。彼女から結婚の話が出ても曖昧にしてる俺に嫌気がさして、他の男のところへいっちゃった。これは俺が悪い」

「つらいな」

「ということで、響介もうだうだしている間に取り返しのつかないことにならないように頑張れ」

な？　と念を押された響介は、何度も「そうだな」とうなずいて返事をした。


翌日の午後、四時近く。

取引先と昼の会食、そして打ち合わせを終えた響介は、一旦会社に戻る。二時間後には、また別の打ち合わせ場所に向かわなければならない。その前に確認作業を終えようと、デスクがあるフロアに向かった。

（告白か……。確かに、俺の気持ちをストレートに伝えて、ようやくスタート地点に立てるのかもしれない）

博に言われたことを思い出しながらエレベーターを降りる。

（しかし同じ家にいて、会社も同じ場所だ。どういうタイミングで告白したらいいの

かわからないな）

コーヒーを飲むために休憩スペースへ寄ることにした。

（テーマパークで告白はどうだろう？　いや待て。周りに人が多い場所だ。俺の気持ちを受け入れてもらえなかった場合、笑麻はかなり気まずいだろうし、俺も帰りの車中で地獄になる）

そこまで考えた時、響介の足が止まった。

このオフィスは開放的な空間になっており、会議スペースや雑談ができる場所もあちこちにあって誰でも出入りできる。

その雑談スペースのひとつで、こちらに背を向けた男女が話している。見覚えのあるふたりだ。

（……笑麻？　と、道沢主任か？　なぜこのスペースにふたりでいるんだ？）

道沢は笑麻の指導をしている立場だ。デスクが近いのだから、そこで話せばいい。わざわざここにいるということは、何があったのだろう。

ふたりの他に人はいない。響介は忍び足で近づき、彼らの死角に立って耳を澄ませた。

「――早めに笑麻さんと話をしたいと思うんだ。社内じゃ言いにくいことが多いだろうから、今夜あたりどうかな？」

道沢が笑麻を誘っている。

今夜とはどういう意味なのだと、響介の心臓が大きな音を立て始めた。イヤな予感がしてその場を離れることができない。

「ありがとうございます、道沢さん。ただですね――」

「笑麻さんが花菱さんに言えない話も、俺が聞くよ」

「言えない話って……、どうしてそれをご存知なんですか？」

笑麻の戸惑う言葉が聞こえた。

「いつも間近で笑麻さんを見てるんだから、わかるよ」

「道沢さんは素晴らしい上司ですね。私が反対の立場だったら気づかないと思います」

「素晴らしくはないけど心配なんだよ。話してくれれば俺も安心だし」

道沢の笑麻に向ける優しげな声に、響介の体が自然とそちらへ向く。気づけば歩き出していた。

「道沢さんはとても頼りになります。でも――」

「俺の妻とどこに行く気ですか、道沢主任」

響介の声に、ふたりが一斉に振り向いた。

「響ちゃ、花菱さん……」

「花菱さん、いつからそこに？」

響介は笑麻ではなく、道沢の前に立つ。極力冷静な声を出す努力をした。

「通りがかっただけですが、仕事の話ではなさそうだったので。……笑麻は自分のデスクに戻って」

「あ、はい」

ぺこりとお辞儀をした笑麻は、道沢をチラと見て、スペースを出て行った。

響介のふたつ先輩である道沢。彼は主任という立場であり、笑麻の上司だ。実直で優しい彼は部下の評判も良く、見た目から女性の評価も高い。安心して笑麻を任せられると思っていたのに。

「どういうことでしょう？　今夜、私の妻とふたりで出かけようとしたんですか？」

思わず低い声が出てしまった響介に対して、道沢は悪びれるでもなく答えた。

「笑麻さんがあなたに相談できなさそうだったから、誘ったんです」

「相談なら、こういう場所で十分なのでは？」

「やっぱり気づいていないんですね……」

道沢が嘆息する。その物言いにイラッとしつつ、響介は尋ねた。

「何をでしょう?」

「笑麻さんが嫌がらせを受けていることです。それも、最近花菱さんと仕事をすることが多い、営業部の向坂さんから」

「……向坂さんが? それは本当ですか?」

向坂は営業部の先輩である。最近、響介が担当する事業で、彼女と仕事をする機会が増えていたのだが——。

「笑麻さんにも向坂さんにも確認はしていません。しかし、笑麻さんの様子がおかしいと感じた頃から、気を付けて見ていたんです。向坂さんが笑麻さんのところに来ては、何か言っていたようですが、聞き取れなくて。笑麻さんにそれとなく聞いても、何もないと答えるばかりだったから」

そこまで聞いて、先日のことが思い浮かび、背中にぞわりと悪寒が走る。

「まさか、向坂さんが笑麻の仕事にいくつもクレームを出したのは……」

「そのまさかだと思いますよ。笑麻さんの仕事にだけ向坂さんが言ってきましたよね? それでやはり嫌がらせをしていると確信したんです。様子見だけじゃ済まないと思った矢先、おかしな噂が耳に入りました。その確認を取るために笑麻さんを誘いました。社内で言いにくいなら外で、と思って」

そこに下心はなかったのかと詰めるのは、一旦後にする。

「おかしな噂というのは笑麻に関することですよね？　教えてください」

「あくまでも噂ですが――」

道沢は言葉を選びながら説明を始める。

響介がいるにもかかわらず、笑麻が休日に他の男性と仲良くデートをしていたという目撃情報。そんな噂が道沢の耳に入ったというのだ。

有り得ないだろう。笑麻は響介と休日を過ごしているのだから。

「どれだけ広まっているんでしょう」

怒りを抑えながら道沢に問う。

「私も含め、噂を聞いた人間は、それがおかしいとわかっているから広めていないんでしょう。一度聞いただけで、その後は何も回ってきません。一応、ＳＮＳで検索もかけてみましたが、それらしいものは見当たらなかった」

「……笑麻はなぜ、俺に隠していたんだ」

思わず言葉を漏らした響介に、道沢が眉をひそめた。

「笑麻さんは、花菱さんに余計な心配をさせたくないと言っていました。それよりも、同じ部署にいて家でも一緒だというのに、彼女の気遣いに気づかなかったのは、花菱さんらしくないのでは？　夫婦としてのコミュニケーションが上手くいってないとしか思えませんが」

「っ！」

痛いところを突かれて言葉に詰まる。

「図星なら少し考えたほうがいいですよ。このままじゃ笑麻さんが可哀想です。私だって、そんな彼女のことが気になって仕方がありません」

道沢が本音を吐いた。釘を刺すなら今しかないだろう。

「わかりました。噂や嫌がらせの件は、すぐになんとかします。道沢さん、本当にありがとうございました」

「いや、お礼を言われるようなことはしていませんよ」

響介は下げていた頭をゆっくり上げながら、道沢を見据えた。

「教えていただいたことには感謝しますが、必要以上に笑麻に近づかないでいただきたい」

目が合った道沢が目を泳がせる。

「笑麻さんが心配だっただけです。別にそういうつもりは――」

「なかったと言えますか？　その噂が、道沢さんと出かけたことで、本当になる可能性があったじゃないですか。それを期待していたのでは？」

「……それは、まったくなかったと言えば、嘘になるかもしれない。……私を上司として信頼してくれている笑麻さんのことも、裏切ることになっていた……」

道沢は顔を歪めて非を認めた。やはり下心があったのかと猛烈に腹が立ち、ぶん殴ってやりたい衝動を隠しながら念を押す。

「笑麻は俺の妻です。仕事以外で彼女に近づかないと約束してください。笑麻を個人的に心配し、幸せに導くのは夫の俺の仕事なので」

「ええ、約束します。申し訳ありませんでした」

「お願いします。では」

本当ならもっと厳しく追及したかったのだが、響介は道沢を置いてその場を去った。釘を刺すべき相手がもうひとりいるからだ。

オフィスの営業部が固まっている場所に行き、すぐさまその人物に声をかけた。

「向坂さん。ちょっといいですか」

「あらっ、花菱さん。どうしたの～？　私もちょうど確認したいことがあって～……」

以前から彼女の猫なで声には辟易していたが、笑麻を苦しめる元凶だと思うと、その声色に憎しみさえ覚える。

「すみませんが、あちらでお願いします」

響介が声を落とすと、なぜか向坂の目が輝き、嬉しそうに後をついてきた。

ドア付きの会議スペースに入る。ふたりきりだが、ガラス張りのスペースなので外から丸見えだ。周りの目があれば、彼女がおかしな行動に移ることはないだろう。

「わざわざこんなところに来るなんて、他の方がいると言えないことでも？　それなら社外でゆっくりお話しましょうよ、花菱さん」

何をどう勘違いしたのか、向坂ははにかんだ笑みを見せながら言った。

「俺はこの後、すぐに社を出なければならないので、手短に答えていただきたいのですが」

「ええ、どうぞ。あ、仕事終わりに続きを話しても大丈夫よ。良かったら夕飯を一緒に――」

「あなたが俺の妻に何をしたのか、正直に話してください」

向坂の話を途中で絶ち、響介は強い視線を向ける。とたんに彼女の顔色が変わった。

「花菱さんの奥様に……？　花菱さんもご存知の通り、業務内容について指摘はしたけど……それが何か？」

「業務についても不自然な指摘が気になっていました。ですが今は、それ以外のことです。妻以外の人物から証言が入りまして」

「それ以外のこと？　証言って何？　誰かがおかしなことを言ってるなら、信じないで、花菱さん……！」

目に涙を浮かべた向坂が抗議する。これが演技であればたいしたものだ。

「向坂さんは、妻に対する嘘の噂について何かご存知でしょうか」

「まさか私が嘘の噂を流してるとでも思っているの？　ひどいわ！　寧ろ笑麻さんのほうが私に悪意を持っているのに！」

向坂は大げさに両手で顔を覆って嘆きつつ、聞いてもいないことを自ら話し始めた。

「どんな悪意でしょうか？」

こみ上げる怒りを抑え、冷静な声で尋ねる。

「と、とにかく私は納得いかないのよ！　どうしてあなたのような人が、あんな女性を妻にしたの？　よほどの事情があったとしか思えない！」

「仮に事情があったとしても、向坂さんになんの関係があるんでしょうか？」

「……花菱さん、私が誘った時は断ったじゃない。ランチも、飲みに行くのも、プライベートで会おうとしても取り付く島がなかった。どんなに素敵な恋人がいるのかと思ったら、あんな……」

向坂は響介の問いかけに肩をぶるぶると震わせた。

「笑麻さんなんかより、私のほうがよっぽど花菱さんと釣り合う。見た目も、家柄も、何もかも！　だから彼女が許せないの！」

「そういえば、向坂さんのお父様は商社の社長をされているんでしたっけ。ご立派な方ですよね」

意外にも早く本性をさらけ出してくれて、響介は内心ホッとした。これで笑麻を守る手はずがすぐに整う。

「しかし俺は、妻である笑麻にしか興味がありません。これから先も永遠にそれは変わらない。他の女性は目に入りませんので」

「は、はぁ？」

「お時間を取らせて申し訳ありませんでした。教えていただき、助かりました。では」

「ちょっと待ってよ、花菱さん！」

背を向けようとした響介の肩に、向坂が触れる。

「相手の合意を得ずに触るのはセクハラですよ」

響介の冷たい声に驚いた向坂は、慌てて手を引っ込めた。

彼女から離れたその足で、コンプライアンス部門へ急ぎ足で向かう。次の打ち合わせに行く時間が迫っていた。

(俺のせいで笑麻がイヤな目に遭っていた。なぜ見抜けなかったんだ……!)

笑麻の笑顔に違和感を覚えたことがあったのに、彼女に「何もない」と言われて真に受けてしまった。道沢のほうが笑麻を正しく見ていたことが悔しくてならない。


夕方の打ち合わせを終えてマンションに帰ると、笑麻が迎えてくれた。

「響ちゃん、お帰りなさい! ご飯できてるから、ダイニングに来てね」

「ああ、ありがとう」

とにかく笑麻に謝ろうと考えながら帰ってきた。

手洗いと着替えを終えてダイニングテーブルに着く。炊きたてのご飯に味噌汁、豆腐ハンバーグにポテトサラダを味わった。

いつ謝ろうかとタイミングを見計らって口数が少なくなる響介とは違って、笑麻は普段通りに食事をしていた。しかも、昼間のことなど忘れたかのように別の話題を振ってくる。

(そういえばあの時、道沢さんの誘いを笑麻は断っていたか？　迷惑そうな感じはしなかった。もしや笑麻は彼のことを……？　いや、考えすぎだ。博と飲んだ時の会話を引きずるな)

他に好きな男がいるから響介の気持ちを早めに教えてほしい……。ネガティブな予測は、まさかのここで当たってしまうのか？

タイミングを逃したまま食事を終え、風呂に浸かり、寝る時間になってしまった。頭に浮かんだ「もしや」がなかなか消えてくれない。とにかく今日中に謝りたいと思った響介は、ソファに笑麻を呼んだ。

「響ちゃん？」

どうしたのと言わんばかりの声が、響介の胸をざわつかせる。

道沢が笑麻を誘った場面で、彼に怒った響介を目の前で見ていたはずなのに。笑麻にとっては、響介の怒りなどどうでも良かったのだろうか。

そう思った瞬間、謝罪ではなく別の言葉が響介の口を突いて出る。

「笑麻。何か、俺に相談することがあるんじゃないか？」

「ええと、そうだね……うん。ないよ」

ない？」

まさかの答えに響介はたじろぎ、聞き返してしまった。

「昼間のことだよね？　道沢さんに相談してみるから大丈夫。響ちゃんは心配しないで――」

「なんでだよ？」

「あっ」

気づけば、ソファの上で笑麻を押し倒していた。

「きょ、響ちゃん？」

「そんなに俺は頼りにならないのか？　道沢さんよりも……！」

「そういうんじゃなくて、これは私の問題だから」

「笑麻が抱えた問題を、どうして俺には分けてくれないんだ！」

戸惑う笑麻に覆い被さった響介は、その首筋にキスを落とした。

「あっ、ダメ」

「このまま抱かせてくれ」

笑麻が道沢を好きなのではという妄想が止まらない。誰にも笑麻を……取られたくない。

「でも今日は……」

「関係ない。俺が笑麻を抱きたいだけだ」

「きゃっ！」

響介は起き上がり、笑麻を抱き上げた。お姫様抱っこをして寝室へ急ぐ。

「響ちゃんが頼りにならないんじゃないの。そんなことは絶対にないから」

「じゃあなぜ俺に相談しない」

「それは……」

「道沢さんと、どこへ行くつもりだったんだ」

響介は寝室の明かりを点け、ベッドに笑麻を下ろした。

「どこにも行かないよ。道沢さんは私の上司だし、彼がそう言ってくれるなら話を聞いてもらおうかと思っただけ──」

道沢の名を言う笑麻の唇を塞いだ。舌をねじ込み、彼女の言葉を奪う。

「んっ！　ん、んうっ」

悶える笑麻の声が響介の欲望を煽った。笑麻は自分のものだと確認したい。そして自分の気持ちを体ごとぶつけて、彼女の中に放ちたい──。

「……笑麻。お前は誰と結婚している？」

唇を離した響介は、笑麻を見下ろし問いかけた。

「響ちゃん、です……」

笑麻はとろんとした瞳を向け、熱い吐息とともに呟く。

「俺は前に、笑麻が他の男のところに行ってもいい、だから俺にも構うなと言ったのを覚えているか」

「……うん、覚えてる」

「今は違う。今は……他の男のところになんか行ってほしくないんだよ」

こんな形で言いたくはなかったのに。

もっと仲良くなって、いい雰囲気になったら、どこか笑麻が喜びそうな場所に連れて行き、そこで愛の告白をしたかったのに。

「俺は、笑麻が好きだ」

「え……」

誰にも奪われたくないという衝動が、響介のタガを外させた。

「お前が好きなんだ、笑麻……!」

笑麻の耳元に顔を寄せると、彼女がそっと響介の肩を押した。

「ちょっ、ちょっと待って。響ちゃんがそんなこと言うなんて、どうしちゃったの?」

「おかしいか？」

「おかしいよ。何か大変なことでもあったの？　私のお父さんが何か言った？　道沢さんに相談するのがそんなにダメだった？」

「今、その名前は聞きたくない」

笑麻が着ているパジャマのボタンを外し始めた。

「だって私を好きだなんて……信じられないよ」

「信じられるように何度でも言う。笑麻が好きだ、好きだ、好きだ……！」

白い首筋に唇を押しつけながら、もどかしくなった響介は笑麻のパジャマのズボンに手をかけた。

「んっ、いきなりそんな、ダメ……ひゃっ」

下着も一気に脱がせ、自分も脱ぐ。

「ちょっ、響ちゃ、んっ！」

「笑麻、笑麻……！」

むせかえるような甘い匂いを感じながら、響介は無我夢中で笑麻の体にすがりついた。

「……ん」

スマホのアラーム音で目が覚める。これは、自分のではない。

「なんだ……？　笑麻の……？」

枕元を探って笑麻のスマホに触れる。響介が起きる時間より四十分も早く設定されていた。響介のために早起きをする予定だったのだろう。ぼんやりした頭で笑麻は……？　と思い、寝返りを打ったところで、はっきり目が覚めた。

「ああ……。ヤバい……やってしまった」

最悪の告白シーンを思い出し、自己嫌悪に陥る。

(何やってんだよ、俺は……。自分の中に、こんなにも醜い独占欲があったなんて……。しかも今日から俺は出張じゃないか。笑麻は……まだ寝てる。起こさないようにしないと)

そっと起き上がり、隣で横たわる笑麻の寝顔を見つめた。

初夜以来の彼女の体が愛しくて、一度では飽き足らず、三度も抱いてしまった。響介に激しくされて相当疲れたのだろう。笑麻はピクリとも動かずに眠っていた。

笑麻の鎖骨のあたりに、響介がつけた痕がついている。よく見ればひとつだけではなく、胸の周りにまで達していた。

情事の激しさを思い出した響介は、再び欲情が頭をもたげそうになるのを必死で抑える。

響介は、笑麻がいつも起きる時間に置き時計のアラームをセットし直した。

(とにかく、一言だけでも謝らなければ……)

響介は下着を履いてバスルームへ向かい、ささっとシャワーを浴びた。髪を整えてから寝室に戻ると、笑麻はまだぐっすり眠っている。

申し訳ないと思いつつ、響介とのセックスによって疲れ切っている笑麻をこのうえなく愛おしいと思ってしまう自分もいた。

「本当に……最低だな、俺は」

呟いた響介はウォークインクローゼットの扉を開け、音を立てないように着替えた。

そして支度を終えた響介はリビングに行き、キッチンカウンターのメモを手にする。

「いや、メモ用紙じゃ小さいな」

響介はビジネスバッグから急いでノートを取り出し、一枚破った。時間がない。置いてあったボールペンを使い、急いで書き始める。

「笑麻へ……」

響介は笑麻に書き置きを残して、マンションを出た。

五章「初恋の人と結婚できた幸せ」

アラームが鳴っている。笑麻は手を伸ばして枕元のスマホを触った。

「ん～……、んん……？」

画面に目をやるが、鳴っているのはスマホではない。驚いて音の出ているほうを探ると、小さな置き時計が鳴っていた。

「私、こんなの置いてたっけ……？」

寝ぼけながら時計のアラームを止めて考える。時間はいつも通り、六時ちょうどだ。

「はっ、いつも通り!? 響ちゃん!? どうしよう、寝坊したっ!!」

彼は朝一番に出張へ出る予定だったので、いつもより早めにアラームを設定したというのに！

焦った笑麻は飛び起きて、彼を起こそうとしたのだが。

「響ちゃん……いない。自分で起きて行ったのかな？」

笑麻はベッドから降りて、リビングやキッチン、バスルームを見て回った。どこもしんとしており、響介の気配はない。

「とりあえず良かった。響ちゃん、意外と寝起きが悪いから心配しちゃったけど、私と住むまではひとりでやってたんだもんね」

ホッとした笑麻は再びキッチンへ行き、お湯を沸かす。いつも飲んでいるカフェインレスのコーヒーをドリッパーに入れ、お湯をゆっくりと注いだ。コーヒーの良い香りが漂い、気持ちが落ち着いていく。

「疲れて起きられなかったのかな……。スマホのアラームは止まってたから、響ちゃんが気づいて止めてくれたのね。それで置き時計のアラームをかけてくれたんだ」

響介を思うと同時に、昨夜の情事が頭を駆け巡った。

「……久しぶりに響ちゃんに抱かれちゃった」

口にしたとたん、顔がぶわっと熱くなる。同時に体も火照ってきた。

「今さらだけど、恥ずかしい……！　昨夜の響ちゃん、全然違う人みたいにすごく激しかったから……」

両頬を押さえて顔の熱さを感じながら、笑麻は彼とのあれこれを思い出す。

初夜の時は緊張と痛みで響介にしがみつくので精一杯だった。響介も笑麻の体を気遣い、そこに強引さは感じなかった。

だが、昨夜は違った。

笑麻を求める彼の欲望を目の当たりにし、戸惑う隙すら与えられずに呑み込まれた。重ねた唇は激しく奪われ、息ができないほど……。苦しくて唇を離しても、それは一瞬で拒否され、再び深いキスに引きずり込まれた。その後は、笑麻の体を貪る響介に、ただただ快感を与えられ続けただけ——。

「あんなに強引だったのに、私、全然イヤじゃなかった。だってすごく……気持ちよかった……。あ〰っ、私って変なのかな？　それに響ちゃん、私のことが好きって……！」

意識がはっきりしている時も、快感に朦朧《もうろう》としている間も、響介が何度も「好きだ」と言ってくれた。

「ただ……、それが本当だったならすごく嬉しいけど、まだ向坂さんのことがある。彼女と響ちゃんの関係について確認できなかったし……」

響介に聞きたいことはあっても、有無を言わせない雰囲気と、体を重ねる行為にひたすら夢中で、聞くことを忘れてしまった。そしてもうひとつ、気に掛かっている。

（道沢さんの名前を出したとたん、響ちゃんの様子が変わったんだよね）

響介は自分と道沢を比べるような言動もしていた。自分よりも道沢のほうが頼りになるのか、と。

（私が何か言おうとしても強引にキスされちゃって……、うやむやになってしまった）

しかも行為の後はほとんど気を失うように眠ってしまったので、何回抱かれたのかすら覚えてもいないのだ。

笑麻はコーヒーの入ったマグカップを手にリビングへ移動した。ダイニングテーブルにつこうとして、一枚の紙が置いてあることに気づく。

笑麻はテーブルにマグを置き、紙を手に取った。

「響ちゃんから、お手紙……？」

笑麻へ、という走り書きで始まったそれを、彼の言葉を噛みしめるようにゆっくり読み上げる。

『……笑麻へ。昨夜はごめん。自分の気持ちを押しつけるばかりで、笑麻への思いやりがなかったことを反省している。笑麻に伝えたいことはたくさんあるが、これから出張に行かなければならない。明日、なるべく早く帰れるようにするから、家で話せないだろうか？　スマホのメッセージではなく、笑麻の顔を見て直接話したい。

……響介』

笑麻は手紙を置き、椅子に座って熱いコーヒーをひとくち飲んだ。

「たくさん伝えたいことって……なんだろう」

今すぐにでも確かめたいが、響介は新幹線の中で仕事をしているだろうし、彼自身がこう言っているのだから待つしかない。

「今日、帰りにお父さんのところに寄ってみよう。夕飯作って待ってようかな」

父に聞きたいことがある。

笑麻は再びキッチンに戻り、朝ご飯用のトーストを焼き始めた。

朝から額に汗がにじみ出るほどに、ここのところ暑さが厳しい。

笑麻はハンカチで額を押さえながら、オフィスビルに入った。とたんにひんやりとした空気に包まれ、ふっと気持ちよさが訪れる。

(今日こそは向坂さんと会って話ができるといいんだけど……。私の噂について確認しなくちゃ)

オフィスに向かっているその時、後ろからポンと肩を叩かれた。立ち止まって振り向くと、道沢がいる。

「おはようございます、道沢主任」

「おはよう」

いつも通りの笑顔にホッとした笑麻は、その場で頭を下げた。笑麻たちの横を急ぎ足の社員たちが通り過ぎていく。

「昨日はその、申し訳ありませんでした」

「いや、こちらこそごめん。余計なことを言って申し訳なかったね」

「いいえ、全然そんなことありません」

歩きながら話そうと促され、笑麻は彼の隣へ行く。

「昨日の笑麻さんが抱えてる問題は、もうなくなると思うよ」

「え？　どうしてですか？」

「今日一日過ごせばわかるんじゃないかな。俺じゃなくて花菱さんに聞くといいよ。って、彼は出張だったっけ。帰ってきたら聞くといい」

「はい」

「笑麻さん、ちょっとこっちで」

道沢は目の前にあった会議ブースに一歩入り、ドアを開けたまま笑麻を引き入れた。そして先ほどの笑麻よりも深くお辞儀をする。

「昨日は軽率に誘ったこと、ごめん。本気で心配だったから声をかけたんだが、笑麻さんが出て行った後、花菱さんに指摘されて気づいた。下心がまったくなかったかといえば嘘になるかもしれないって。ひとりで頑張ろうとしている君が健気で、放っておけなかったんだ。申し訳ない」

まさか謝られるとは思わず、笑麻は慌てて声をかける。

「頭を上げてください。道沢さんが気に掛けてくださったのは本当にありがたかったんですから」

「ありがとう、笑麻さん。今後はこのようなことがないように気を付ける。相談を受ける時は他の人も交えよう」

道沢の言葉に笑麻はうなずく。

「あの、ところで昨日、夫とは何を話されたんでしょうか」

「花菱さんから何も聞いてないの？」

道沢が目を丸くする。

「詳しくは聞いてません」

「そうだったのか。じゃあ尚更、直接彼から聞いたほうがいいな。状況が変わってから君に伝えたかったのかもしれないしね」

神妙な顔をした道沢とともにブースを出る。

そして業務を開始してから一時間ほどが経った頃、笑麻はある場所に呼び出された。

社内のコンプライアンス部門である。

「失礼します。花菱笑麻です」

「どうぞ、こちらへ」

オフィス内の奥まったところにある、コンプライアンス部。なぜここに、と笑麻は緊張しながら大きなデスクの前に着席した。正面には、笑麻よりも年上と思われる女性が座る。

「コンプライアンス担当の小田部《おたべ》と申します」

彼女は自分の社員証を見せ、笑麻の社員証も確認した。

「早速本題に入らせていただきますね。昨日、花菱響介課長から報告がありました。笑麻さんの上司である道沢主任にも確認済みです」

「なんの報告と確認でしょうか？」

「あなたと、営業部の向坂さんについてです」

「えっ」

驚く笑麻に、女性が穏やかに説明を続けた。

響介や道沢の報告についての事実確認や、笑麻が受けた精神的苦痛などについて問われる。同時に、向坂も別室で話をしているらしい。

数日以内に結果が報告されるまで、何かあればすぐに報告をすると約束をして、笑麻はそこを出た。


「ただいま〜！」

「お父さん、お帰り！　ご飯できてるよ」

笑麻が玄関で迎えると、父が嬉しそうに笑う。

笑麻は仕事帰りに父のところへ立ち寄り、夕飯を作って待っていた。

「おお、ありがとう。笑麻も疲れてるだろうに申し訳ない」

「そんなこと気にしないで」

「響介くんは出張だって？」

父は言いながら部屋にカバンを置き、洗面所に向かう。

「うん、そうだよ。お父さん、すぐに食べる？」

「ああ、食べるよ。笑麻は？」

「もちろん私も一緒に食べるよ。テーブルに準備しちゃうね」

「おう！」

父の返事を聞きながら、笑麻はキッチンでお皿に料理を盛り付けた。

１ＤＫのマンションに父は住んでいる。ここを紹介してくれたのは響介の父だ。東南角部屋で日当たりと風通しが良く、駅から徒歩五分という好立地である。笑麻たちが住むマンションから二駅のところにあるのも安心だ。

「美味そうだ。いただきます」

夕飯の並んだ食卓を前に、父が手を合わせた。

「どうぞ召し上がれ」

笑麻も箸を持ち、いただきますをする。

きんぴらごぼう、金目鯛の煮付け、ワカメとネギの味噌汁を作り、買ってきたナスの漬物を添えた。

「久しぶりの笑麻のご飯は美味しいなぁ」

「ありがとう」

お互いの近況を話しながら食べ、そろそろ終わろうという頃。

笑麻はダイニングの椅子から立ち上がり、部屋へ移動した。そしてＡ４の封筒を持って父のところへ戻る。

「ところでお父さん。これって何？」

「えっ！　ああ、それは……ええと」

差し出された封筒を見て、父が焦る。

父の帰りを待つ間、ふと見かけた封筒。そこには笑麻が知らない送り主の企業名があり、中には何かの事業計画書が入っていたのだ。

「何を隠してるの？　また借金を作って何かしようとか考えてない？　それだけは絶対にダメだよ。響ちゃんのお父さんにも迷惑が――」

「違う、違う！　もう少し話が進んだら笑麻に言おうと思ってたんだ。隠すつもりはなかったが、早い段階だと笑麻が安心できないと思って」

笑麻が詰めると、父はさらに慌てて否定をした。

「実は、お父さんの腕を生かしたいと言ってくれるオーナーが見つかったんだよ。ほら、花菱コーポレーションで響介くんが担当している空き家事業あるだろ。その関係で、物作りの工場を作る計画が上がっているんだ。お父さんみたいに続けられなかった工場を持っていた人、物作り自体を宣伝したいという人、一からやってみたいという人……そういう人たちが集まった場所を提供してくれるんだよ」

「……どういうこと？　詳しく説明して？」

笑麻は食後の温かい緑茶を用意し、飲みながら父の話を聞く。

要は、花菱コーポレーションが関わる事業で、父の工場再建ができそうだというのだ。もちろん規模は小さいし、父の工場だけではないので、以前とは形態がかなり違うものになるのだが。

「――で、実はこれ、響介くんが、お父さんのために奔走してくれてな。今もずいぶんお世話になっているんだ」

「響ちゃんが？」

「ああ。これ以上、花菱家にお世話になるのは申し訳なかったんだが、響介くんの熱意に押されてね。前のようにとはいかないが、ぜひやってみないかって。そもそもの事業計画は、俺のために響介くんが立ち上げたって言うんだよ」

父が熱いお茶を啜る。

「そんなことを言われたら、いつまでも落ち込んでるわけにはいかないだろって、お父さんもヤル気になったんだ」

「それって、いつ始まった話なの？」

「笑麻の結婚が決まってすぐだな」

「……全然知らなかった」

響介は一言も、そんな話をしなかった。笑麻は同じ部署にいるが、その事業計画についてはまだ知らない。笑麻は新人の立場で、彼の仕事に関わることが少ないからだろう。

「この事業計画がしっかり固まるまでは、笑麻には言わないでくれって、お父さんが伝えたんだ。まぁ、彼も笑麻に言うつもりはなかったらしいが」

「どうして響ちゃんが……？」

「笑麻が負担に思うのがイヤだと言っていた。この事業が始まっても、響介くんが関わったことは笑麻に伝わらないほうがいいってな。笑麻が同じ部署に勤めているから隠しようがないと、笑ってはいたが」

響介の優しさに胸がきゅっと痛む。

知らない彼を知るたびに、笑麻は響介に惹かれていく自分に出会うのだ。

「お父さん。話したくなかったらいいんだけど、教えてほしいことがあるの」

「おう、なんだ？」

「響ちゃんのお父さんが、私のお父さんに恩があるっていう……。それ、詳しく聞いても大丈夫かな？」

ここへ来たのは父の様子を見ることと、この話を聞きたかったからだ。

「ああ、いいよ。笑麻に隠しても仕方ないからな」

父はすぐに承諾し、昔を懐かしむように話を始めた。

「浩二とは、大学の軽音サークルで知り合って仲良くなった。今じゃあんなふうに豪快な男だが、当時は繊細で優しくて気遣い屋でね。今の響介くんに雰囲気が似てたんだよ」

父は五十六歳なので、三十年以上の付き合いか。

「彼は頭も良くて、学生をやりながら起業もしたんだ。だが、当時付き合っていた彼女が親友と浮気してね。その後、会社も失敗して……借金を抱えたあいつは自殺しようとしたんだ。それを俺が止めた。たかが一度の失敗で死ぬなんて、つまらないことはやめろ、ってね」

父が苦笑する。

「それだけのことなのに、いつまでも恩を感じてて、こっちが申し訳ないくらいだ」

衝撃的な話を聞いた笑麻は、父に尋ねた。

「響ちゃんのお父さんは、そこからどうやって立ち直ったの……？」

「親に頭下げて借金を返した後、また立ち上がって今の会社を興した。それで、あっという間にのし上がっていったんだよ」

「響ちゃんは、彼のお父さんをとても尊敬してるの」

「だろうな。一代で、しかもあの若さで今の地位を築いたんだから。苦労なんてもんじゃなかったと思うが、一切そんなものは見せなかった。俺もあいつを尊敬してるよ」

顔を合わせれば冗談ばかり言ってるがな、と父は笑いながら言った。

「笑麻、幸せか?」

「えっ、あ、うん、幸せだよ。響ちゃんとっても優しいし、お仕事も上手くいってるし」

珍しく父が真面目な顔で聞いてきたので、戸惑いつつ答える。

「そうか……。いや、笑麻がお父さんのために無理してるんじゃないかと心配してたんだが、杞憂《きゆう》で良かった」

「無理なんてしてないよ」

昨夜の響介の告白を、本気で信じたいと思い始めていた。

なぜなら、向坂の件について響介が会社に報告していたからだ。向坂が言う話が本当なら、そんなことはせずに彼女の味方をしているであろう。

そして早く彼の顔を見て謝らないといけない。

「ねえ、お父さん。お母さんとケンカしたことある?」

「お母さんと? そりゃあるさ。特に若い頃はくだらないことでケンカしたしなぁ」

「くだらないって、どんなこと？」

父の顔が一気に和らいで、なんだか嬉しくなる。

「マジでくだらなかったのは、ボードゲームで負け続きになったお母さんが、お父さんのことを嫌い！　って拗ねちゃって。その後、俺がわざと負けたらそれでも怒るし、じゃあどうしたらいいんだよ～ってな。今思えば、その時のお母さん、すごく可愛かったなぁ」

「うん、可愛いね」

「あとはヤキモチ焼いたり焼かれたり、意見のすれ違いとか、そんなところか。しかし急にどうしたんだ？　響介くんとケンカしたのか？」

「ううん、してないよ。ただ、さっきお父さんが、私が無理してるかもって言ったじゃない？　それでなんとなくお父さんたちのことを聞きたくなっただけ」

夫婦とはなんなのか、身近な先輩の話を知りたくなった。

「笑麻の立場なら響介くんに遠慮するのもおかしくない。それで我慢してることがあるんじゃないか？」

「今日のお父さん冴えてるよ。どうしたの？」

「いつも冴えてるだろ？」

苦笑した父に、笑麻は気づきを話す。

「我慢してるつもりはなかったんだけど、遠慮はしてたかも。響ちゃんに迷惑かけたくない、心配させたくないって隠してたことで、結局迷惑かけちゃった」

「そういうこともあるさ。でもな、笑麻。夫婦になったからには遠慮してたら、この先やっていけないぞ。お母さんとの結婚生活は短かったが、何でも話ができるいい夫婦だったと思ってる。お母さんが妊娠中も、出産してからも、何でも俺に言ってくれたからこそ、笑麻を育てることができたんだから」

父はしみじみと語った。

「響介くんは『金銭的に援助したんだから言うことを聞け』っていう、そんな男なのか？」

「ううん、そんなこと言わないよ」

「そうだよな。お父さんも響介くんに、そういうことは感じなかった。安心して笑麻をお願いできると思った。だから遠慮せずに響介くんに何でも話して、ふたりの生活を育んでいけばいい」

父の言う通りだ。やはり人生の先輩というのは説得力がある。

「ありがとう、お父さん。そうしてみる」

「俺も偉そうなことは言えないが、まぁ、頑張れ。もし無理だったらこの部屋に居候させてやってもいいぞ」

「素敵なお部屋だけど、私が来たら狭くなっちゃうよ？」

「どうにかなるさ」

ははははと楽しそうに笑った父と一緒に、笑麻も笑顔になった。


父に会った翌日。笑麻は出張から帰ってきた響介を出迎える。

「響ちゃん、お帰りなさい。出張お疲れ様でした」

「ただいま。予定より遅れてしまった。待たせてすまない」

慌てて帰ってきた響介が、笑麻に謝った。出張の帰りに急遽、別の業者との打ち合わせが入ったらしい。

「お仕事だもの、大丈夫だから気にしないで。打ち合わせの時にご飯は食べてきたんだよね？」

「ああ。笑麻は食べたのか？」

「うん、食べたよ。私も響ちゃんにお話があるから、リビングで待ってるね」

「わかった」

響介は洗面所へ向かい、手を洗いに行った。笑麻はリビングに戻り、ソファで彼を待つ。

（おとといの夜以来、響ちゃんの顔も見てないし、言葉は手紙だけのやりとりだけだった。緊張しても、きちんと話せますように……）

父に言われた「なんでも話して、ふたりの生活を育む」を胸に、笑麻は深呼吸をした。

着替えずにやってきた響介を隣に座らせ、先に話させてね、と断りを入れる。

「私、どうしても謝りたくて。向坂さんの件、本当にごめんなさい。昨日コンプライアンス部の小田部さんに呼ばれてお話したの。響ちゃんが報告してくれたのね」

「それに関しては俺も謝りたい。笑麻の異変に気づけなくて、本当に申し訳なかった」

その場で響介が頭を下げるが、笑麻はすぐにそれを否定した。

「ううん。私がすぐに響ちゃんに報告していれば大事にならなかった。響ちゃんに迷惑だと思って言わなかったの。でもそれが根本的にダメだってこと、今回のことでよくわかった」

自分だけの判断で動くのは良くない。ましてや今回は社内で起きたのだ。個人的な内容とはいえ、業務に差し支えが出たのなら、すぐに報告するべきだったのに。

「私、向坂さんに面と向かって聞いたことがあるの。響ちゃんには言わないから、どうして私に嫌がらせをするのか教えてくださいって。彼女とそう約束したから、私ひとりでどうにかしようとしてた。でも隠していたからって何も解決しないし、コンプライアンス部門の方にも手間を取らせて、こうやって響ちゃんにも迷惑をかけてしまった。本当に……ごめんなさい」

小さなトラブルがいつの間にか大きくなり、周りに迷惑をかけている。よく考えなくても恐ろしいことだ。

「笑麻。言いにくいだろうが、向坂さんが笑麻に何を言ったのか、俺に教えてくれないか？」

「それは……。うん、そうだね。約束したとはいえ、ひどい噂を流されたことで彼女に裏切られちゃったから、いいかな……。向坂さんは響ちゃんとお付き合いしていたらしいんだけど、それは本当なの？」

笑麻の問いにポカンとした響介は、次の瞬間声を上げた。

「はぁ!?　なんで俺が向坂さんと付き合ったことになってるんだよ。とんでもない嘘だぞ、それは……！」

「私が響ちゃんと結婚したことに納得がいかないらしくて、しつこく嫌がらせをしてきたの。だから結婚した後も、実は響ちゃんと付き合っていたのかなって」

「俺は彼女とプライベートで会ったことすらないぞ」

呆れた顔をした響介が答える。

「最近、響ちゃんの機嫌がいいのは、向坂さんとの仕事が増えて楽しいのかと思ってた」

「ちょっと待ってくれよ。って、まさか……、俺に機嫌がいい理由を聞いたのは、そういう意味か？」

「うん。だから早めに響ちゃんの気持ちを知りたかった。私がお邪魔虫なら、今後どうすればいいのか決めなきゃいけないと思って」

「とんでもない誤解だ。だが……、笑麻が疑うのは当然だな。俺が先にお前を拒否したんだから」

響介は膝に置いていた手で拳を作り、強く握りしめた。

「とにかく、向坂さんが勝手に作った話だ。以前、彼女に一度だけ食事に誘われたのを断ったくらいだ。それを逆恨みされたのかはわからないが、もう大丈夫だろう」

「うん。ありがとう、響ちゃん」

響介が彼女との関係をきっぱりと否定したことに、笑麻はホッと息をつく。

「私のお話はこれでおしまい。響ちゃんのお話を聞かせてくれる？」

「……ああ」

響介は顔を上げ、口を引き結んだ。そしてガバッと頭を下げ、声を張り上げる。

「笑麻、すまない……！」

「きょ、響ちゃん？」

「俺は笑麻に謝らなくてはいけないことが山ほどあるんだ。まず、おとといの夜、強引に笑麻を抱いたことを謝らせてほしい。本当に申し訳なかった。ごめん！」

おとといの夜。響介が初めて笑麻に見せた激しい衝動に、ときめいてしまったのだが……。彼は申し訳ないと思っていたのか。

「響ちゃん……」

「俺は道沢さんに嫉妬したんだ。俺には相談できないのに、なんで彼には相談するんだよって。彼に指摘も受けた。夫婦のコミュニケーションがきちんとできていれば、笑麻がイヤな思いをしていることに気づけただろうと。図星もいいところだったのに、俺は自分を棚に上げて、笑麻に気持ちをぶつけてしまった。最低だった」

「そんなことない。心配させたのは私だもの。最低なんかじゃないよ」

顔を上げてと言ったが、彼は小さく首を横に振った。

「笑麻は優しいな……。許してもらえないかもしれないが、今後こういうことはしないと誓う」

「許してるってば」

「それから、結婚前に失礼なことを言ってすまなかった。あれは本当にひどかったと思う。……なんて言ったか、覚えてるよな？」

そろりと顔を上げた響介は、上目遣いで笑麻を見た。怒っていないのに、叱られている子犬のようである。

「うん、覚えてるよ。この結婚に愛情を求められるのは迷惑だって」

「俺って奴は……」

ああ……と彼は頭を抱えこむ。

「そんなこと言ったら、私だって最悪じゃない？　お金のために結婚したんだもの」

「俺に比べたらたいしたことじゃないよ」

響介はそう言って、居住まいを正した。

「とにかく俺は今、その言葉を全力で否定したいんだ。俺は……笑麻が好きだ」

「っ！」

真剣な声で告白されて、笑麻の胸がきゅんとする。

先日抱かれた時も好きだと言われたが、一生懸命言葉を探しながら言われる「好き」が、笑麻の心を強く揺さぶった。

「笑麻の誠実さや優しさ、健気なところが好きだ。笑麻の性格も見た目も、全部好きでたまらないんだ」

「響ちゃん……」

「と言っても、にわかには信じがたいと思う。そこでだ」

「そ、そこで？」

この後は笑麻も告白し、甘い展開になるのだと思っていたので、彼の言葉に困惑する。

「笑麻のことを好きだとわかってもらうために、時間が欲しい。だからと言って、無理に俺を好きになろうとしなくていい。ただ、俺の気持ちを信じてほしいだけなんだ」

「なるほど……」

わかったような、わからないような、曖昧な相づちを打ちながら考える。

「俺がどれだけ笑麻を好きか、覚悟を持って知ってくれ」

まさかの、笑麻からの告白はできない流れなのだろうか？

「あの、響ちゃん、私ね――」

「何も言わずにそばで見ていてほしいんだ。一緒に過ごすだけでいい。夫婦として暮らしてくれれば、俺はそれでいいんだ」

「だからあの、私は」

「いや、本当に！　イヤな男だと思われているのはわかってる！　それを払拭させてほしい。笑麻が納得いくまで！」

こんなにも必死な響介を見るのは初めてである。あまりの迫力に、笑麻は自分の気持ちを告白するタイミングを完全に失った。

「俺が好きだと言ったからって、笑麻は答えを出さなくていい。しばらく俺を見ていてほしいだけなんだ。あとはその……、子づくりについてなんだが、笑麻が花菱家に気を遣ってのことなら、しばらくやめよう」

「それは、ダメだよ」

「え」

驚いた響介が目を丸くする。

「だって、そういう約束だったでしょう。子どもは私も欲しいし、お父さんたちだって喜んでくれる。それに、響ちゃんが本当に私を好きなら、それがわかるように……抱いて」

笑麻も彼を好きなのだから、抱き合いたいのは本心だ。

「いいのか？」

「わかるように、だよ？」

我ながらなんということを言っているのだと、急に恥ずかしくなってくる。顔を熱くしている笑麻に、響介は真剣な面持ちでうなずいた。

「ああ、そうだな。わかってもらえるように努力する。笑麻がイヤがることはしない。強引にもしない。笑麻が喜ぶことをする」

喜ぶことって……とさらに恥ずかしく思いつつも、至って真面目に語る響介に合わせ、小さくうなずいた。


「笑麻がイヤじゃなければ、一緒に行かないか」

翌朝、身支度をしている笑麻に響介が提案する。

「会社に？」

「無理はしなくていいんだが、俺は一緒に出社したい」

「もちろんいいよ。一緒に行こう」

笑麻が笑うと、響介も嬉しそうに笑顔を見せた。

（驚いた。響ちゃんからそんなこと言うなんて。しかも今の嬉しそうな表情……。あんなふうに笑ってくれると、こっちまで幸せな気持ちになっちゃう）

昨夜は思い詰めた感じに見えたので、これからどうなるか心配だったが、大丈夫そうだ。

「今日も暑いな……」

地下鉄を降り、オフィスビルへ向かう道のりを歩きながら響介が呟く。強い日差しは、ビルや木々の陰を色濃くしていた。

「朝から日差しが強いね」

「熱中症にならないように気を付けるんだぞ？」

「響ちゃんもね」

「ああ」

言いながら、すれ違う人にぶつからないよう、笑麻の腰にそっと手を当て、自分のほうに寄せてくれる。

「響ちゃんは、私とこうして歩くのを社内の人に見られるのがイヤなんだろうと思ってた」

「それは部下にも言われた。俺はその必要はないと思ってたんだが、その考え自体が間違っていると気づいた。夫婦が仲良くしている姿は、周りの人にとってもいい影響を与える。というか、俺が笑麻と仲良くしたいのを周りにわかってもらいたい。俺が怒っているように見えてしまっては、逆に皆に気を遣わせるからな」

「うん、そうね」

こちらを見下ろした彼と目が合い、どちらからともなく笑みを交わした。

胸の中がじんわりと温かくなっていった、その時。

「花菱さん……」

聞き覚えのある女性の声に、笑麻の体がビクッと震える。

響介と振り向くと、疲れた顔でこちらを見つめる向坂がいた。

「おはようございます、向坂さん。どうかなさいましたか？」

普段と変わらない声で響介が挨拶をする。

「ちょっとあちらでお話があるの。……笑麻さんも一緒に」

「ええ、構いませんよ」

暗い声で誘う向坂に、響介が淡々と答える。笑麻は彼とともに人気のないブースへ入った。

（向坂さんもコンプライアンス部門に呼ばれていた。その話だろうか……）

笑麻は胸に手を当て深呼吸した。今は響介がいるから大丈夫。何かあれば、報告することになっている。彼女もそれはわかっているだろう。

「先日コンプライアンス部門に呼ばれたの。そこで色々聞かれたわ」

こちらを振り向いた向坂が、響介を睨み上げた。

「ええ、そのようですね。あなたが妻に対して嫌がらせをしているという話を聞きました。先日お話した後も、数件同じ報告があったそうです」

「そんな話は嘘だと答えた。私が陥れられているのよ、そこにいる笑麻さんに」

向坂の視線は笑麻に移る。

「えっ？」

「あなたがコンプライアンス部にあることないこと報告したから、注意を受けたのよ！　やっぱりあなたみたいな女は花菱さんの妻に相応しくないって、よくわかったわ」

戸惑う笑麻に向坂がまくしたてた。何がなんだかわからず混乱する笑麻を庇うように、響介が目の前に立った。

「笑麻は、あなたと話したことは他言しないという約束を守り、夫の俺にすら、あなたとのトラブルをなかなか教えてくれなかった。笑麻の悩みに気づけなかった俺は夫として失格だ……！　俺に報告してくれた人がいなければ、笑麻はもっと傷つき、取り返しのつかないことになっていたかもしれない」

響介の表情は見えないが、彼の悲痛な声が届く。本気で笑麻を心配してくれたことに胸が痛んだ。

「先日あなたに話をした後すぐに、俺がコンプライアンス部門へあなたのことを報告しました」

「……花菱さんが？」

「勝手な憶測、プライバシーの侵害、嫌がらせのハラスメント、悪質なデマの流布。証言は増えましたし、より詳しい調査を入れさせていますので」

「えっ、あ……」

響介の言葉に、向坂の勢いは衰えていた。

「その結果次第では、あなたの今後の居場所が決まると思いますから、そのつもりで」

響介は振り向き、笑麻の肩を叩いた。

「行こう、笑麻」

「……うん」

彼とともに足を一歩踏み出しながら向坂のほうを見る。

こんなことがなければ、彼女は仕事の先輩として頼りになる人だったかもしれない。

向坂は追いかけてくるでもなく、へなへなとその場に座り込んでしまった。

昼休憩に塚越と丸山に誘われてオフィスを出ようとした笑麻は、ちょうど外に出ようとしていた響介と鉢合わせた。

「お疲れ様。ランチか？」

「お疲れ様です。これから行ってきます」

声をかけてきた響介に挨拶すると、塚越が冗談めいたふうに言った。

「花菱さんも、良かったらお昼一緒にどうですか？　なんて――」

「お邪魔じゃなければ、ぜひ」

にこやかに答える響介の前で、笑麻たち三人は思わず固まってしまった。

「お邪魔だなんて、そんなっ！」

想定外すぎる響介の返事に、塚越は慌てて否定する。横から丸山が焦った声で笑麻に尋ねた。

「あのっ、笑麻さんは、私たちがいても大丈夫ですか？」

「もちろん私は大丈夫です。皆で一緒に行きましょう」

ね、と響介に笑いかけると、彼も「ああ」と笑ってうなずいた。

オフィスの近くに新しくできたメンチカツの店に訪れる。ちょうど空いていた個室に案内されてメニューを決めた。

そわそわしている塚越と丸山に、響介が話しかける。

「ふたりが笑麻を庇ってくれたのを聞きました。本当にありがとう」

「えっ、いえ、当然のことですよ！　変な噂も、向坂さんが流したのがわかって良かったです」

「彼女、自分で謝って回ってましたよ。噂は冗談だから本気にしないでって。何言ってんだって感じで、皆あしらってましたけど」

塚越に続いて丸山が口を尖らせた。

「向坂さん、笑麻ちゃんに謝ったの？」

「いえ……」

塚越に聞かれて笑麻は首を横に振ると、響介が続けて答える。

「たぶん彼女、もう午後にはいないと思うよ」

「……ああ、なるほど」

「それ以上は聞かないほうが良さそうですね」

何かを察した塚越と丸山は、うんうんとうなずき合っている。ちょうど食事が運ばれ、向坂の件はそこで終わり、楽しくランチを過ごした。

響介が言った通り、笑麻はその後、向坂に会うことはなかった。数日後に響介を通して聞いたところによると、彼女は地方の営業所に異動させられたという。


「笑麻、帰りに夕飯食べて帰らないか」

「笑麻、今度の休みに水族館に行こう」

「笑麻、ここは俺がやっておくから休んでていい」

響介が毎日のように笑麻に対して、あれこれと誘ったり、話しかけたり、気を遣ってくる。彼の仕事は以前と変わらず忙しい。にもかかわらず、全力で笑麻を好きだという態度を示してくるので、申し訳ないくらいだ。

そして響介は笑麻に何も求めない。見返りを欲することはしなかった。

これに平行して、社内での彼の態度が女性社員たちの目に留まる。

「最近、花菱さんいい感じじゃない？」

「ほんと！　丸くなったというか、雰囲気が優しげになったというか……」

こんな声をたびたび聞くようになったのだ。

見た目が良く、仕事ができるだけではなく、印象が柔らかくなった響介は、パーフェクトな男になってしまったのである。


そうして響介に告白されてから、三週間になろうという頃。

（響ちゃんに、もう十分だからって伝えたいんだけど、タイミングを逃してしまった。私の気持ちを伝えるにはどうしたらいいんだろう。響ちゃんの気が済むまで待つしかないの？）

朝の支度をしながら考えていると、早めに家を出て得意先へ直行するからとバタバタしていた響介が、リビングに飛び込んできた。

「笑麻、すまない！　ちょっといいか！」

もう出かけるという格好で、響介は焦った顔を見せている。

「どうしたの？」

「今夜、父母の代理でＩＴ企業のパーティーに出席しなければならなくなった。急で申し訳ないが、俺と一緒に行ってくれないか」

「えっ、私も!?」

「父が急遽、別の場所を優先させたいと言ってきたんだ。そっちに母と一緒に行くから、俺が笑麻を連れて行ってこいと。すまん、こっちで話をさせてくれ」

出がけに言うなよ～、とブツブツ言っている響介の後をついていく。寝室のウォークインクローゼットへ一緒に入り、今度は笑麻が焦りながら彼に尋ねた。

「夜のパーティーっていうと、ドレスが必要よね？　私、持ってないよ。どうしよう……！」

「それは大丈夫だ。俺の母が用意している」

響介はガーメントバッグに入ったタキシードを確認しながら、笑麻に説明する。

「お義母さんが？」

「電話で母さんが言っていた。本当は今度会った時に笑麻にプレゼントするつもりだったらしい」

「ド、ドレスを!?」

「ああ。だから笑麻は靴とバッグ、アクセサリーを用意して――」

説明してくれた響介を送り出した後、言われた通りに準備をする。初めてのことに不安を抱えながら、しばらくして笑麻もマンションを出た。

夜のことが気になりすぎるが、どうにか仕事に集中して午前中を過ごす。

昼休みに響介の母から笑麻のスマホに連絡があり、後で会社に行くからそこで詳しく話すと言われ、さらに緊張感が増した。

「笑麻さん。上からの指示あったよ。社長の奥様がそろそろ到着するらしいから、今日の業務はおしまいでいいって」

「えっ、はいっ！」

いよいよだ。思わず立ち上がった笑麻に道沢が苦笑する。

「花菱さんと社長の代理で行くんだよね？　緊張するだろうけど、頑張れ〜」

「が、頑張ります……」

ではお先に……、と笑麻は挨拶し、急いで荷物を持ってエレベーターに向かった。

「笑麻ちゃ〜ん、こっちよ〜」

一階ロビーのソファから立ち上がった女性が、こちらを手招きしている。響介の母——美保子だ。すでに到着していることに驚きながら、笑麻は小走りに彼女へ近づき、頭を下げた。

「お義母さん、お待たせしてすみません……！」

「何、言ってるの。こっちこそ本当にごめんなさいね。まったく浩二さんったら急なんだから。女性は色々お支度があるって何度も言ってるのに、困っちゃうわよね」

何度も笑麻に「ごめんね」と謝りながら、響介の母は後ろにいた男性に荷物を持ってこさせた。

「パーティー会場のサロンを予約しておいたから、そちらでヘアセットと、この箱に入ってるドレスに着替えてね」

「はい」

返事をする笑麻に、美保子は眉を下げて残念そうな顔をする。

「本当はうちに来てもらって、サプライズで笑麻ちゃんにドレスを渡したかったんだけど、こんな形になって申し訳ないわ。響介もまだ笑麻ちゃんと同行する予定のパーティーはしばらくないって言ってたから」

「申し訳ないだなんて、そんな……！　それよりも本当にいいんでしょうか、いただいてしまって」

「いいのよ！　笑麻ちゃんに作ってあげるのを楽しみにしてたんだもの。私も嫁に来てすぐに義母が素敵なドレスを作ってくれて、すごく嬉しくてね。花菱家の嫁は代々、そんな感じらしいの。でもね、無理に着なくていいから！　今回は私が勝手に選んじゃったけど、次は笑麻ちゃんが気に入るものを――」

「いいえ。お義母さんが選んでくれたドレスを着たいです。私もすごく嬉しいから」

本当に嬉しくて、心のままに笑麻は美保子に言葉を伝えた。

「笑麻ちゃん……。うう、ありがと……。娘っていいわね、いい……」

美保子は泣きそうな顔になりながら、ドレスケースを男性に渡す。

「あとはバッグと靴とアクセサリーね。響介がそれは大丈夫って言ってたんだけど……」

「響ちゃんに買ってもらったのを持ってきました。これです」

こういう時のためにと響介は考えていたのだろう。あの時、無理に断らなくて良かったと心底思った。

「うん、そうね、大丈夫。とても素敵だわ。もしもドレスが体に合わないようだったら、後でお直ししてもらうから、その場で別のものをレンタルしてね。その旨もサロンには伝えてあるから。足りないものがあったら、そこのショップで響介に買わせちゃって」

「何から何までありがとうございます」

「迷惑をかけているのはこちらだもの。今度、うちでゆっくり会いましょう」

「はい……！」

両手を出した美保子に、笑麻も自分の両手を重ねる。ぎゅっと握り会って約束を交わした。

「緊張しなくて平気よ。いつも通りの笑麻ちゃんでいれば大丈夫」

「ありがとうございます。響ちゃんが一緒なら頑張れます」

笑麻の言葉を聞いた美保子が、不安げな顔をする。

「響介と……上手くやっていけそう？」

「はい。響ちゃんは素敵な人です。私、響ちゃんのことが……大好きですから」

響介本人に伝える前に言ってしまった。言わずにはいられなかった。

「あ……、ありがとう〜〜、笑麻ちゃん〜！」

手を伸ばした美保子に、ぎゅううっと抱きしめられた。

「お、お義母さん!?」

「……あの子、愛想もないし、冷たいところがあるから、笑麻ちゃんのことがずっと心配だったの。でも余計な口出しはするなって、浩二さんに言われて我慢してたのよ。

浩二さんはふたりの生活に口出しは絶対ダメだよ、って」

美保子は体を離し、微笑んだ。

「でも笑麻ちゃんが今、響介を好きだと笑ってくれたから。私は笑麻ちゃんを信じるわ」

「ええ。信じてください」

「ふふ、これで響介をぶっ飛ばさないで済みそうね」

「お義母さんったら」

ふたりで顔を見合わせ、思わず笑ってしまった。

「奥様、そろそろお時間のほうが……」

そばに来た男性が小声で美保子に言った。

「えっ、ああ、そうね。それじゃあ笑麻ちゃんは、私が乗ってきた車で一緒に行きなさい。彼は運転手なの」

「下山《しもやま》と申します。本日はよろしくお願いいたします」

うやうやしくお辞儀をした下山は、落ち着いた雰囲気の四十代後半くらいの男性だ。

「こちらこそ、よろしくお願いします。でもあの、私が車に乗ってしまったら、お義母さんは？」

義父母は別のパーティーに行くと聞いている。

「私は別の運転手と一緒に行くから大丈夫よ。……ああ、ちょうど来たわね」

手を挙げた義母は、急ぎ足で到着した男性運転手をこちらへ招いた。

「じゃあね、笑麻ちゃん。また別の日にゆっくり会いましょう」

「お義母さんも、マンションにいらしてください。響ちゃんと皆で一緒にお食事したいです」

「そうね、ぜひ！　ああっ、響介に笑麻ちゃんのドレス姿、写真を撮っておいてって言わなくちゃ！　絶対に見たいんだから！　じゃあね、笑麻ちゃん」

美保子は笑麻に別れを告げ、その場を去る。

「では行きましょう」

「はい。よろしくお願いします」

荷物を持ってくれた下山に促されて、笑麻も駐車場に向かった。

銀座のホテルに到着した笑麻は、サロンでヘアメイクと着替えを終えた。

「……素敵」

鏡に映った自分の姿に、思わず呟く。

義母が選んでくれた濃紺のイブニングドレスは笑麻の体にぴったりで、普段の自分より数倍もスタイルが良く見えた。アメリカンスリーブが笑麻の白い肌を引き立たせ、パーティー用のアクセサリーがより映える。

「とてもよくお似合いですよ。これはオーダーされたドレスですよね？」

「ええ、そうなんです。義母が作ってくれて……」

「素敵ですね～！　お体にぴったりで惚れ惚れしてしまいました」

「ありがとうございます」

スタッフの褒め言葉がとても嬉しい。後で義母にも報告をしなくては。

支度を終えた笑麻は会場前に向かうために廊下へ出る。すると、数メートル先の壁際に立っている人を見つけた。

「あっ、響ちゃん！」

笑麻の声かけに、響介が振り向く。慣れない高さのヒールで近づこうとすると、彼のほうから駆け寄ってきた。

「待たせてごめんね。だいぶ待った？」

「いや……」

「響ちゃん、タキシード素敵だね。結婚式の時と同じくらいカッコいいよ」

黒いタキシードに身を包んだ響介は、モデルも顔負けと言ってもいいくらいに素敵だった。

「そうか、ありがとう……。いやその、笑麻も……」

響介は顔をたちまち赤くし、目を逸らす。そういえば、今までもこのようなことが何度もあった。

思い出すと同時に、響介がこちらへ向き直り、真っ直ぐ笑麻を見つめた。

「正直に言う」

「はい」

「笑麻が綺麗すぎて言葉が出なかった。笑麻よりも先に褒めたかったのに、どうしても照れが先に来てしまって……。俺のこういうところがダメなんだよな。もっと笑麻のように素直にならないといけない」

真面目な顔で語る彼の言葉を聞いて、笑麻は確信した。

「ねえ響ちゃん。今までも私に対して、そういうことがあったんだよね？」

「そういうこと？」

「本当は言いたかったのに、上手く伝えられなかったこと」

「あ、あるな。……確実に、ある」

不意打ちを食らったように驚いた響介は、ひとり小さくうなずいた。

「私の勘違いじゃなかったんだ」

「えっ」

「あの時も、あの時も、あの時も……そうなんだね、きっと」

ウェディングドレスを着た時や、響介のエプロン姿を褒めた時、買い物に行った時もそうだった。

「笑麻は気づいてたのか？　あの時ってどの時だよ？」

「さぁ。遅れちゃうから早く行こう」

焦る響介が可愛く感じて、笑麻はつい意地悪を言ってしまう。

「ちょっと待てって、教えてくれよ。恥ずかしすぎるだろ……！」

歩き出した笑麻の後ろから、響介の焦り声が届いた。

「響ちゃんって可愛いね」

「い、いきなりなんだよ」

だって可愛いんだもん、と笑いかけると、ますます赤くなる。以前は彼が顔を赤くして怒っているのかと思ったが、これは照れているのだ。

もう言ってしまおう。あなたをどれだけ好きなのか。もう我慢なんてできないんだと。

「そういえば私、結婚式のケーキを食べるファーストバイトの時、響ちゃんに勝ったじゃない？　勝ったら何をしてもらおうか、まだ言ってなかったんだけど……」

「ああ、そういえばそうだな」

「パーティーが終わったら、何をしてもらうか伝えるね。楽しみにしてて」

「……何か企んでないか？」

「考えすぎよ」

笑麻は笑って彼の隣を歩きながら、彼がなんと言おうと、今夜告白することに決めた。


会場はすでに人が入り始めており、中は多くの人で賑わっていた。

複数のスタートアップ企業が共同で行ったパーティーで、それぞれ企業とタイアップした事業のお披露目や宣伝が目的だ。

立食の形式となっており、テーブル周りで話をする人々や、壁際の椅子に座る人たち、事業の内容が展示されている場所で話をする人など、様々だ。

ウェルカムドリンクを手に響介と会場内を歩いていると、彼がぼそりと言った。

「父さん、わざとやったな」

「どういうこと？」

笑麻が聞き返すと、響介は体を近づけて周りに聞こえないように話す。

「今日は父さんが来なくても良さそうな顔ぶれだ。それがわかっていて俺たちに来させた。軽い気持ちで楽しんでこい、くらいのつもりだったんだろう。あとは『夫婦』で参加することに慣れさせるためだな。仕事では俺も来るが、夫婦参加は初めてだ」

「それならしっかり体験させてもらわなくちゃ」

「そうだな。知り合いがいたら挨拶するから一緒にいよう」

「はい」

そうして、響介に紹介された人と挨拶を交わし、緊張しつつも笑顔で会話することに慣れてきた頃――。

「あら、響介じゃない？」

後ろから女性に声をかけられた。振り向くと、緑色のドレスに身を包んだ響介の従姉妹がそこにいる。

「ああ、早紀も参加していたのか」

「叔父さんたちが来るって聞いてたけど？」

「急遽、父さんたちの代理で来たんだよ。早紀はひとりか？」

「今日は叔父さんたちじゃなくても良さそうだものね。もう少ししたら有紀が来るわよ」

そこまで話した早紀の視線が、笑麻に移る。

「笑麻さん、こんばんは」

「お久しぶりです。結婚式ではありがとうございました」

「いえ、こちらこそ」

結婚式と同じく、やはり笑麻に対してのツンとした表情は変わらない。いや、響介に対しても同じだ。

「花菱さんじゃないですか？」

またも響介が声をかけられる。今度は年配の男性だ。

「お世話になっております。庄司《しょうじ》さんもいらしていたんですね」

「奥様も、こんばんは」

「お世話になっております」

にこやかに挨拶を交わし合うと、庄司は響介の顔を見る。

「花菱さん、ちょうど良かった。五反田《ごたんだ》の件で今確認してもいいですか？」

「もちろんですよ――」

長い話になりそうなので彼らから離れようとすると、早紀に肩を叩かれた。

「笑麻さん、ちょっとあっちで話しましょう」

「あ、はい」

近くの壁際にふたりで移動すると、早紀が口火を切った。

「早速だけど、響介とはどうなの？」

「どうというのは――」

「結婚式の時にも言ったけど、響介はやめたほうがいいわよ。できれば早めに別れたほうが、あなたの身のためだと思うわ」

早紀は眉根を寄せながらウェルカムドリンクを飲んだ。

「どうして、そんなことを言うんですか？」

「響介には好きな女性がいるの。ずーっと昔からね」

「え……？」

予想もしなかった話を受けて、笑麻の思考が止まる。

「その女性が好きだからかなんなのか知らないけど、あいつすごく冷たいのよ。私だけじゃなく、女性全般にね。そう思わない？」

「ずっと好きな女性って、どなたなんでしょう？」

同意はせずに、笑麻は質問で返した。

「名前は知らないけど、昔、写真を見たことがあるの。響介がその一枚だけ大事そうにしまってるもんだから、つい勝手に見ちゃったのよね。その時に初恋の子だって響介から聞き出したの。その後の彼の女性関係については叔父さん……響介のお父さんが、上手くいったためしがないって話すのを聞いた。たぶん、初恋の人を引きずってたんでしょ」

早紀は、ふんと鼻で笑った後も、話を続ける。

「それで私、結婚式の時に冗談半分で響介に聞いてみたのよ。あの写真はまだ持ってるのかって。そうしたら顔を赤くして『持ってる』って答えたわ。どういう意味かわかるわよね？　あんな未練たらしい男はやめたほうがいい。その女性と未だにつながってるのかもしれないのよ？」

「私は……」

初めて聞く話だが、本人に確認したわけではない。何よりもこの一ヶ月の彼の態度が、早紀の話を否定するのに十分だった。

「私は響ちゃんを信じます。早紀さん、ご助言ありがとうございました。今後ともどうぞよろしくお願いします。では」

笑麻はぺこりと頭を下げて、響介のほうへ一歩踏み出す。

「待って、笑麻さん。私はあなたのためを思って――」

「早紀さん、大丈夫です。ご心配おかけしてごめんなさい。きっと、結婚式の時に私が不安な顔をしていたからなんですよね」

「あ……」

図星だったのか、早紀はそこで口ごもり、恥ずかしそうに目を逸らした。彼女の表情を見た笑麻はそこで気づく。早紀の忠告は笑麻に対する優しさだったのだ。

響介の母も再会した時、響介に意地悪されたらぶっ飛ばすからと心配してくれた。同様に、早紀もまた、笑麻が悲しい目に遭わないようにと忠告をしてくれたのだ。

「今はもう不安はないんです。私は響ちゃんのことをとても好きですし、彼も私を大切にしてくれています」

「本当に？」

「ええ、本当です」

笑麻は真剣な目で早紀を見つめた後、笑顔で言った。

「今度ぜひ遊びに来てください。有紀さんとおふたりで」

「……わかったわ。何かあったら私に言って。響介がひどいことをしないように、私から言うから。頼ってね」

「はい……！」

一緒にうなずいた早紀は、初めて優しい笑みを見せてくれた。


早紀と離れ、響介と合流したところでパーティーが始まる。

主催者の挨拶やスタートアップ企業の取締役らの挨拶が終わると、それぞれの取り組みや事業についてのプレゼンが始まった。会社によって説明の仕方が違い、面白く内容を見つつ、笑麻は大いに勉強をさせてもらった。

(プレゼンなんてしたことないし、これからもそんな機会はなさそうだけど、きっと何かの役に立つよね)

笑麻は配られたパンフレットを眺め、気づきをスマホのメモに書き込むなどした。

「笑麻、ちょっと」

「はい」

歓談と食事の時間になり、食べ始めて少ししたところで響介が目配せをする。

「どうしたの？」

「今、父さんからメッセージが入った。ある程度のところで帰っていいらしいから、出よう。今がちょうどいいタイミングだ」

響介が笑麻の背中に手を当てた。彼に促されて会場から出た場所で、立ち止まる。

「ちょっと待って響ちゃん。レストルームに寄りたいんだけどいい？　すぐ終わるから……」

「ああ。じゃあ、俺はあっちのソファで待ってる」

「ごめんね。行ってきます」

笑麻は急ぎ足でレストルームに入る。大きな鏡の前で深呼吸をした。

（告白前に身だしなみを整えたかったんだ。髪は大丈夫かな。メイクはリップだけ塗り直しておこう）

バッグからティッシュを取り出して肌を押さえる。リップを塗りながら、心の整理をした。

響介に伝えたいこと。彼のどんなところを好きになったのか、いつから好きなのか、これからどうしていきたいのか……。

（全部話そう。緊張するけど……、大丈夫。きちんと伝えるんだ）

レストルームを出た笑麻は、ソファに座って背を向けている響介に声をかける。

「響ちゃ――」

「ねえ、もう帰っちゃうの？」

目の前に知らない男性が回り込んできて、顔を覗かれた。

「えっ？」

唐突なことに頭が追いつかず、体が緊張に包まれる。

「だったら一緒に帰らない？　上のバーで飲み直してもいいし」

「あの、どちらさまでしょう？　人違いじゃありませんか？」

まったく見覚えのない男性の口から、酒の匂いが漂っていた。顔も若干赤らんでいる。

「そんなことないよ。さっき向こうのパーティーにいたよね？　素敵だなと思って声をかけようとしたんだけど、見失っちゃって。今ちょうどトイレに行こうとしたら君と偶然再会したってわけ」

「あの……酔っていらっしゃいますよね？　それに私、夫が待っていますので失礼します」

「旦那なんて置いて付き合ってよ」

ニヤニヤ笑っている男性は突然笑麻の手首を掴んだ。一瞬で、そこから全身に悪寒が走っていく。

「イヤです！　離して――」

「俺の妻に何をしている？」

大好きな人の声と同時に、笑麻の手首が解放された。

「響ちゃん！」

「大丈夫か？」

男性の腕を掴んでいる響介は、笑麻を自分の後ろへ行かせる。男性は驚いて響介を見上げたが、再びヘラヘラと笑みを浮かべ始めた。

「ああ、あなたがこの人の旦那さんなんだ？　へぇ～。じゃあそういうことで、俺と一緒に帰りましょう」

「俺の妻だと言ってるんだが。おい、通報するぞ！」

響介は笑麻に話しかけようとする男性に声を荒らげ、掴んでいた彼の腕を自分のほうへ強く引いた。

「おおっと、それ以上手を出したら暴力で訴えますよ。あのパーティーにいたということは、結構な会社にいる方なんでしょうから、まずいんじゃないんですかぁ？」

よろめきながら、掴まれていないほうの手で笑麻を指さす。

「君さぁ、こんな男がいいの？　俺のほうがいい男じゃない？」

「比べようもないほど、夫のほうが素敵です！」

響介に代わって誰かを呼びに行こうとした時だった。

「ああっ、すみませんっ！　こいつ酒癖が悪くて……！　おい、幸田《こうだ》、何してるんだ、こっちに来い！」

駆け寄ってきた中年の男性が、笑麻たちに絡んでいた男性の背中をバーンと叩く。そして彼の頭を掴み、こちらに向かって下げさせた。

「幸田、謝れ！　本当に申し訳ありません！」

「名刺をいただけますか。私のも渡しておきます」

一緒に頭を下げる男性に響介が言い、すぐさま名刺を交換する。

「はっ、花菱コーポレーションのっ!?　お、お前っ、なんてことしてくれるんだっ、幸田っ！」

響介の名刺を見た男性は顔色を変え、幸田に頭から怒鳴りつけた。

「本当に申し訳ありません！　すぐに上へ報告して、明日にでも謝罪に参りますので！」

「そうしてもらえるとありがたいです」

「あの、そちらは奥様でいらっしゃいますか？　不快な思いをさせてしまったようで本当になんと言ったらいいのか……」

謝るのはこの人ではないのだが、笑麻は「いえ……」と答えるだけで精一杯だった。

「ほらっ、行くぞ！　お前はしばらく出勤停止だ。上からの報告を待って――」

幸田は男性に引きずられるようにして連れて行かれた。


「大丈夫か？」

「うん、ありがとう。響ちゃんがいてくれて良かった……。私、あんな人がいたなんて気づかなくて……」

「笑麻は何も悪くないからな。取引先が来ているパーティーで醜態をさらすほうが悪い。とりあえず名刺もあるし、すぐに調べさせよう。主催にも報告しておく。……笑麻？　震えてるじゃないか」

「あ、ああいう目に遭ったの初めてで、ちょっと緊張しちゃった」

組んでいた手は冷たく、小刻みに震えている。それに気づいた響介が、自分の手で包み込むようにして笑麻の手を温めてくれた。

「もう怖くないから。大丈夫だよ」

「……うん、ありがとう」

優しく自分を守ってくれる響介に、今すぐにでも抱きつきたくなる。

「すぐに帰ろう。笑麻はサロンで着替えるんだよな――」

「ダメ、まだ帰らないよ……！」

笑麻は彼の手を強く握り返した。

この後、自分の心をすべて彼に告白するのだ。怯えている場合ではない。

「どうした、忘れ物か？」

「ううん。さっき話したファーストバイトのこと。このまま外のお庭に行って話したいから一緒に来てくれる？」

「……今がいいんだよな？」

響介が躊躇ったように尋ねてくる。

「そう、今がいいの」

「わかった。行こう」


ホテルに来た時に見つけた、広い中庭に響介を連れて行く。

暗闇の中で草木がライトアップされており、月明かりと相まって美しかった。ぬるい空気に交ざり、時折涼やかな風が吹いてくる。

どこか楽しげな匂いを秘めている真夏の夜が、ふたりを見守っているように思えた。

「特別な話なんだろ？」

「うん」

「笑麻に何を言われても覚悟を持って聞くから」

前を歩いていた響介が立ち止まり、笑麻を振り向いた。月明かりに照らされた端整な顔が、少々悲しげに見える。

たぶん何か誤解しているのだろうが、笑麻は話を始めた。

「ファーストバイトの勝利をしたので、教えてほしいことがあります」

「教えてほしいこと？」

「響ちゃんの初恋の人は、誰？」

「え！」

笑麻の問いかけに響介が動揺する。早紀の話を信じたわけではないが、笑麻は響介に再会した時の会話がずっと気になっていたのだ。

「私と結婚する時も、まだ初恋の人の写真を持っていたんでしょう？」

「写真って、誰にそのことを？」

「さっき、早紀さんに教えてもらったの」

「早紀の奴……！」

響介は眉間に皺を寄せた。

「クラウドに保存してあるなら見せて。スマホで見られるよね？」

「ファーストバイトは俺の負けだったもんな。……潔く従うよ」

諦めたように言った響介が、ポケットからスマホを取り出す。そして画面をスクロールし、こちらへ見せた。

「これって……」

そこに写っていたのは、見覚えのある幼い女の子だ。

「もうひとつある。俺が中学生の頃に、父さんが携帯で送ってきた写真だ」

ほら、と見せられたのは、先ほどの女の子が成長した制服姿。

「私も同じ写真、持ってるよ……」

「俺の初恋の人は、笑麻だ」

スマホをポケットに戻した響介は、首の後ろに手をやり、バツが悪そうにしている。

「私の予想、当たっちゃった……」

再会した時の響介の言動や様子。それらを考えれば考えるほど、もしや彼の初恋は自分なのでは？　という答えに至ったのだが、さすがにそれはうぬぼれだろうと否定していたのだ。

「気づいてたのか？」

「響ちゃん、銀座で食事会をした時に、私の初恋の相手を聞いたでしょう？　なんで急にそんなことを尋ねるんだろうって、ずっと引っかかっていたの。私が先輩の話をしたら声が沈んでて……。さっき早紀さんの話を聞いて、なんとなくつながったというか」

「その通りだよ。俺は笑麻と再会したら、聞きたいことがふたつあった。ひとつは俺と本気で結婚する気があるのか。ふたつめは、俺は笑麻が初恋だが、笑麻はどうだったんだと。子どもっぽい質問をしてしまってすまない」

自嘲気味に笑った響介を見て、笑麻の胸がきゅっと痛む。もう、限界だ。

「響ちゃん」

名を呼びながら、彼の目の前まで近づいた。

「私、もう我慢ができなくて、どうしても今夜中に言いたくて、ここに来てもらったの。何も伝えずに響ちゃんのことを見ているだけなんて、無理」

「無理か……。じゃあもう一緒にいられないってことか？」

「違うよ。私、響ちゃんのことが大好きだから、もう黙っていられないの」

目を伏せていた響介が、勢いよく顔を上げる。

「響ちゃんが私を好きって言ってくれた時には、私も響ちゃんが好きだったから」

響介と視線が重なった。彼は信じられないという顔をして、笑麻に尋ねる。

「笑麻。無理はしなくていいんだ。俺が好きだと言ったからって、合わせなくても俺は――」

「本気で響ちゃんが好きなの。信じられないなら、今からたくさん響ちゃんの好きなところを言うから聞いて」

大きく息を吸い込んだ笑麻は、一気に彼の好きなところを口にした。

「優しいところ、照れ屋なところ、丁寧で早くて信頼を得られるお仕事をするところ、家事が全部できるところ、思いやりがあるところ」

「笑麻……」

「そして私だけじゃなくて、私のお父さんのためにまで、奔走してくれているところ」

「っ！」

響介は笑麻の言葉に目を見張る。

「お父さんの工場再建のために頑張ってくれているんでしょう？　本当にありがとう、響ちゃん。感謝してもしきれないよ。私に内緒にして動いてくれていたのも、そういう気遣いも全部、全部大好きなの」

笑麻は強いまなざしで彼を見つめ、問いかけた。

「信じてくれる？」

「ああ、そこまで言ってくれるなら信じる。……笑麻のお父さんのこと、少しだけいいか？」

「うん。聞かせて」

彼も真っ直ぐに笑麻を見つめ返した。

「俺は人として、俺の父と同じように笑麻のお父さんも尊敬している。男手ひとつで笑麻を育てながら、工場を切り盛りして頑張ってきた人だ。しかも技術を持った職人だ。そんな貴重な人材を埋もれさせるわけにはいかない」

響介が笑麻の両肩に手を置き、優しく掴む。

「笑麻のお父さん以外にも、俺は今までの仕事を通して、潰された人を何人も見てきた。そういう人たちを救いたいと言ったらおこがましいが、助けになれればいいと思っている。今回はちょうどタイミングが合って事業につなげることができたんだ」

「そうだったの」

「工場再建の事業について伝えなかったのは、笑麻にこれ以上負い目を感じさせたくなかったからだ」

苦笑した響介に、笑麻も同意する。

「それは自分でも反省してる。お父さんにも『遠慮ばかりしてたら本当の夫婦にはなれない』って注意されたの。だからね、これからは何でも伝える。響ちゃんもそうしてね――」

突然、響介は自分の胸に笑麻を引き寄せた。

「あ……」

「俺、笑麻のことを好きになって、ただ一緒にいてくれればいいと思ってた。俺のことを笑麻が好きになるとは思わなかったんだ。だから、本当に嬉しい……」

ぎゅっと笑麻を抱きしめる響介の声が、少しだけ震えているように聞こえ、胸がきゅんと甘く痛む。

「俺、笑麻に言ってなかったことがある。昔の情けない自分を隠すのはやめて、笑麻が言ったように何でも話すよ」

響介は体を離して笑麻と手をつないだ。誰もいない美しい夜の庭園を、ふたりでゆっくり歩き始める。

「俺、幼い頃は体が小さくて弱かったんだ。小学校で俺をいじめる奴がいたんだが何もできなかった。そんな時、後から入学してきた笑麻が、学年の違う俺のところにわざわざ来て庇ってくれたんだよ。親にも担任にも言ってくれた」

「そうだっけ……？」

「俺はその時に、もっと強くなって、今度は自分が笑麻を守れるようになると決めたんだ。好き嫌いなく食べるようにして、空手も習い始めた。強くなるために」

「それは覚えてる。響ちゃん、カッコいいなって思ってた」

毎週土曜日になると稽古着に着替えて、自転車に乗って出かける響介を思い出した。

「笑麻を守りたくて始めたことだ。なのに、急に笑麻がいなくなって、ようやく俺は気づいたんだ。笑麻が大好きだったことを」

「響ちゃん……」

「だが、その後は笑麻の様子がほとんどわからない。父さんから、笑麻のお父さんを介して聞く情報だけだった。中学生になった笑麻の写真もそうだ。笑麻自身からは俺に何も伝えられなかったから……その、拗ねていた」

苦笑いした響介は、笑麻の手を強く握る。

「時間が経って、何人か付き合った女性はいるが、今思えば全員笑麻の面影がある。俺はずっと笑麻を引きずっていたらしい。笑麻に二度目の恋をして、やっと気づいたんだ」

「響ちゃん、ごめんなさい」

響介の思いを聞きながら、胸がずっと痛んでいる。笑麻を思う彼の言葉が切なくて、愛しくてたまらない。

「いや、前にも言ったが、それどころじゃない笑麻の境遇を考えればわかることだ。謝らなくていい」

優しく笑った響介の腕にしがみついた。

「大好き、響ちゃん」

「俺も大好きだよ、笑麻」

響介は笑麻の肩を抱き、笑麻の額にキスを落とした。そして、ため息交じりに呟く。

「家に帰るまで我慢ができそうにないな」

「え？」

「部屋を取ろう。笑麻を抱きたい」

再び笑麻の手を引いた響介は、さっさとホテル内のロビーに入った。

響介が取った部屋に入るとすぐに、サロンに預けていた着替えや荷物が届いた。響介は自分で更衣室から荷物を持ってくる。

「これでひと心地ついた、と言いたいところだが、ベッドに行こう」

タキシードのジャケットを脱いだ響介は、置いてあるソファにそれを投げ、笑麻を抱き上げた。

「響ちゃん⁉」

イブニングドレス姿の笑麻をお姫様抱っこし、歩きながら響介が言う。

「もうひとつ、大事なことを確かめたかった」

「大事なこと？」

「笑麻は忘れてるけどな」

クスッと笑った響介は、笑麻をベッドの上に座らせる。そして隣に座りながら顔を覗き込んできた。

「笑麻は昔、響ちゃんのお嫁さんになるって言ったんだぞ？」

「……え、ええっ！」

「それを忘れられたのが一番ショックだった。だから笑麻がそれを思い出すまで、今夜は寝かせない」

「っ！」

彼に引き寄せられながら、顔が熱くなるのを感じる。

「いいか？」

意地悪く笑った響介に「いいよ」とうなずき、気づいたことを伝える。

「ということは、私の本当の初恋は、響ちゃんだったんだね」

「あ……そういうことになるか」

「お互い初恋同士だったなんて、嬉しい。私の小さい頃の夢を叶えてくれてありがとう、響ちゃん」

「……」

彼は一転して戸惑う表情を見せた。

「響ちゃん？」

「そういうことを言うから、俺はお前に敵わないんだ……。昔から笑麻の素直なところに惹かれてる。今も、これからもきっとそうだ」

響介はドレスから出ている笑麻の肩に触れ、そこへ唇を押しつけた。何度もキスをされて、笑麻の体も心も溶けてしまいそうになる。

「やっと笑麻の心も手に入ったんだ。絶対に離さないから覚悟しておけよ」

「私も離れないよ、響ちゃん」

「愛してるよ、笑麻」

「響ちゃん……」

囁かれた圧倒的な言葉に、胸がいっぱいになる。すると響介が一瞬、不安げな表情を見せた。

「……笑麻は？」

もうこんな顔をさせてはいけない。そう思った瞬間、笑麻は彼に飛びついていた。

「私も、愛してるっ……！」

「うわっ」

響介を押し倒し、仰向けになった彼に覆い被さる。

驚く彼の目の前に顔を近づけ、彼の瞳を覗き込んだ。もう遠慮することなどしない。

「素直な私が好きなんでしょう？　だから今夜はもっともっと素直になって、愛を伝えるね」

「ああ、俺も笑麻に負けないほど、素直に愛を伝えるよ」

微笑み合うのを合図に、唇が深く重なった――。

そろそろ夏が終わろうとしている、九月中旬。

仕事から帰った笑麻は、手を洗って部屋着に着替えた後、何もせずにソファに座っていた。というか、ここ最近は何もさせてもらえないのである。

「笑麻、夕ご飯と風呂、どっちを先にする？」

「ええと、お風呂にしようかな？」

「よし、じゃあ一緒に入ろう。メシはもうできてるから」

バタバタと支度をしながらその場を離れようとする響介を引き留めた。

「待って響ちゃん、ちょっとこっちに来て」

「どうした？　具合悪いのか？」

急いで笑麻の隣に座った響介が、心配そうな顔でこちらを見る。

「全然だよ。絶好調！　って、それはいいんだけどね。たまには私がご飯作るし、お掃除もするよ？」

「いや、できる限り俺がするから心配しなくていい。できそうにない時はメシは宅配でもいいし、掃除はロボットがしてくれるし、洗濯は全部クリーニングでもいいんだから」

前から思っていたが、やはり響介は心配性である。

「ありがと。でもね、とっても調子がいいから大丈夫」

「心配なんだよ……。笑麻も、この子のことも」

響介は笑麻の肩を抱き、もう片方の手を伸ばした。そして笑麻の下腹を優しく撫でる。

そう、笑麻は妊娠三ヶ月に入ったところなのだ。彼と心が通じ合った日。それからしばらくして、妊活アプリで生理の遅れに気づき、妊娠がわかったのである。

「父さんも母さんも喜ぶだろうな」

「うちのお父さんもすごく喜ぶと思う」

笑麻は父を想像して笑みを浮かべる。

響介が立ち上げた工場の再生事業が進んでおり、来年中には父の工場ができる。響介に3Dのモデルを見せてもらったのだが、そこは物作りの小さな工場がいくつもある小さな街のようだった。誰でも見学ができ、その場で発注も可能だ。商品を販売するお店や、休憩できるカフェスペースなどもある。

笑麻もそこを訪れるのが今から楽しみで仕方がない。

「お互い初孫になるんだね」

お腹を撫でる響介の手に、笑麻は自分の手を重ねた。

「ああ、そうだな」

「安定期まではお父さんたちに言わないようにしてるけど……私、直美には話しちゃった」

「俺も、博には話したよ。笑麻を好きになったことで悩んでいたのを相談してたんだ。だから余計に喜んでくれたよ」

「私も同じで、直美にだけ相談してたの。だからすごく喜んでた」

お互い同じことをしていたのがおかしくて、クスクスと笑い合う。

「幸せだな」

「うん、とっても幸せ」

響介が笑麻の頬に手を当て、自分のほうへ向けた。彼の優しいまなざしが笑麻を捉えて離さない。

「俺がずっと、笑麻も子どもも守っていくからな」

「私も、響ちゃんとこの子の幸せを守るね」

微笑み合うと同時に、唇が重なる。

数ヶ月後に会えるふたりの宝物を想像しながら、お互いをそっと抱きしめ合った。

あとがき

こちらではお久しぶりになります。葉嶋《はしま》ナノハです。「愛さないと宣言された契約妻ですが、御曹司の溢れる熱情に翻弄されています」をお手に取ってくださり、ありがとうございます！

大好きな幼なじみの初恋ものを書かせていただきました。頑張り屋でちょっと天然な笑麻と、ツンデレ気味の響介のやり取りを書くのがとても楽しかったです。ふたりのじれったい恋愛物語を読者のみなさんも楽しんでくださったら嬉しいです。

刊行にあたってお世話になりました担当様、編集部様、関係者の皆様には心から感謝いたします。また、華やかで、ふたりのラブラブが感じられる素晴らしい表紙イラストを描いてくださった海月《くらげ》あると先生、本当にありがとうございました！

そして最後までお読みくださった皆様に心からの感謝を。

まだまだ書きたいお話がたくさんあります。いつかまたどこかで、ご縁がありますように。

葉嶋ナノハ

マーマレード文庫

愛さないと宣言された契約妻ですが、御曹司の溢れる熱情に翻弄されています

2024年4月15日　第1刷発行　定価はカバーに表示してあります

著者　葉嶋ナノハ　©NANOHA HASHIMA 2024
編集　株式会社エースクリエイター
発行人　鈴木幸辰
発行所　株式会社ハーパーコリンズ・ジャパン
東京都千代田区大手町1-5-1
電話　04-2951-2000（注文）
0570-008091（読者サービス係）
印刷・製本　中央精版印刷株式会社

Printed in Japan ©K.K. HarperCollins Japan 2024
ISBN-978-4-596-77590-0

m a r m a l a d e b u n k o